Henry Gréville

L'expiation de Savéli

Roman

 Le code de la propriété intellectuelle du 1er juillet 1992 interdit en effet expressément la photocopie à usage collectif sans autorisation des ayants droit. Or, cette pratique s'est généralisée dans les établissements d'enseignement supérieur, provoquant une baisse brutale des achats de livres et de revues, au point que la possibilité même pour les auteurs de créer des œuvres nouvelles et de les faire éditer correctement est aujourd'hui menacée. En application de la loi du 11 mars 1957, il est interdit de reproduire intégralement ou partiellement le présent ouvrage, sur quelque support que ce soit, sans autorisation de l'Éditeur ou du Centre Français d'Exploitation du Droit de Copie , 20, rue Grands Augustins, 75006 Paris.

ISBN : 978-3-96787-599-7

10 9 8 7 6 5 4 3 2 1

Henry Gréville

L'expiation de Savéli

Roman

Table de Matières

Chapitre I	7
Chapitre II	10
Chapitre III	14
Chapitre IV	21
Chapitre V	26
Chapitre VI	31
Chapitre VII	37
Chapitre VIII	43
Chapitre IX	48
Chapitre X	50
Chapitre XI	60
Chapitre XII	66
Chapitre XIII	73
Chapitre XIV	76
Chapitre XV	81
Chapitre XVI	85
Chapitre XVII	90
Chapitre XVIII	95
Chapitre XIX	101
Chapitre XX	104
Chapitre XXI	107
Chapitre XXII	115

Chapitre I

La maison seigneuriale de Daniel Loukitch Bagrianof, construite en bois sur un haut soubassement en brique, trônait au milieu d'une cour bordée à droite par une rangée d'écuries et de remises, à gauche par les communs et la boulangerie. Une pelouse ovale, devant le perron, séparait en deux bras, comme une île dans le fleuve, la large route plantée d'arbres qui venait en ligne droite de la station de poste la plus voisine, distante environ de dix-huit verstes. Ce chemin, fait exprès pour les seigneurs, était bordé par de gigantesques bouleaux jusqu'à la porte d'entrée, porte peu somptueuse, à la vérité. Pas d'enceinte de ce côté ; un simple fossé suffisait pour défendre la demeure seigneuriale contre les loups ; – pour les hommes, il n'en était pas même question.

Quel audacieux eût pu rêver de franchir cette terrible enceinte, plus redoutable que les haies d'épines vivantes qui protègent les châteaux enchantés ? Daniel Bagrianof avait des chiens ; mais ces chiens, nourris de viande crue et lâchés tous les soirs, étaient moins redoutables que le regard froid et pesant des yeux bleu clair du seigneur.

Jamais personne n'avait vu Bagrianof en colère. On eût dit que, tout enfant même, il avait ignoré les révoltes soudaines et les mouvements involontaires d'une irritation secrète. Son visage exsangue, ses sourcils blanchis de bonne heure comme sa barbe abondante et soignée, lui donnaient l'apparence d'un grand calme. Seuls, ses yeux d'acier et sa bouche aux lèvres minces révélaient l'impitoyable ténacité, la férocité froide de cet homme. Pas plus qu'on ne l'avait vu en colère, de mémoire d'homme on ne l'avait vu pardonner une offense, volontaire ou non. On se racontait à l'oreille une histoire qui en disait long sur son caractère.

Un jour, au temps de sa jeunesse, Bagrianof, tourné en ridicule sous l'éventail par une jolie femme, s'en était pris, non au mari, mais à celui qui passait à tort ou à raison pour être au mieux avec la dame.

Après l'avoir insulté devant une assemblée choisie, il l'avait promptement dépêché à l'épée ; quelques jours plus tard, il dit au mari : – Vous me devez une récompense, mon cher, car j'ai fait votre besogne ; j'ai tué l'amant de votre femme.

Le mari furieux se jeta sur lui ; on les sépara, et le lendemain la dame était veuve.

Cette manière d'entendre sa défense personnelle donnait froid dans le dos aux plus braves ; aussi, après l'avoir vu agir de la sorte en quelques circonstances, la noblesse du district avait pris le parti de faire la morte.

Pendant des années, on avait évité les réunions brillantes, les assemblées où se rencontre la fleur du pays ; puis Bagrianof s'était en quelque sorte écarté de lui-même.

– Je ne vais nul part, déclara-t-il un jour, je me trouve bien chez moi.

L'âge venu, Bagrianof se maria. Il épousa la fille unique d'un veuf, son voisin, dont les biens touchaient à ses terres. C'était prévu, et cependant la nouvelle en fit pousser un grand soupir d'aise à trente verstes alentour, car on n'avait plus à craindre une demande de la part du terrible personnage.

La jeune mariée, Alexandra Rodionovna, élevée en liberté dans la maison de son père, apprit bientôt à modérer les éclats de sa gaieté enfantine. Elle cessa de rire, puis de parler, puis elle apprit à pleurer, – le tout en quinze jours, – et quand son vieux père à moitié imbécile vint la voir dans sa nouvelle demeure, il eut peine à reconnaître sa petite Sacha dans cette femme aux yeux baissés, à la démarche monacale, à la voix éteinte, qui ne parlait que pour répondre, et encore en tremblant.

Bagrianof n'appelait cependant sa femme que « ma chère épouse, mon âme, ma chérie » ; mais, tandis qu'il lui prodiguait ces noms de tendresse, le regard glacial et sardonique de ses yeux clairs suivait les mouvements de la malheureuse.

Si faible que fût la lueur d'intelligence qui lui était restée, le père de la jeune femme comprit quel devait être le lot de sa fille en ce monde ; au bout de quelques semaines, le chagrin l'avait tué.

Vingt ans s'étaient écoulés depuis, et la destinée de madame Bagrianof n'avait pas changé. Elle avait mis au monde et nourri dix enfants, qui tous étaient morts en bas âge. Le onzième enfant était une petite fille frêle et mignonne que la mère ne put nourrir, son lait ayant disparu tout à coup, par suite d'une frayeur que lui avait causée son seigneur et maître. Cela sauva l'enfant, qui, nourrie par une paysanne, grandit à souhait, et sa grâce d'oiseau craintif se développa doucement sous les yeux de sa mère qui l'idolâtrait.

Depuis de longues années, Bagrianof avait coutume de recruter son sérail dans les rangs des jolies filles de son village le plus rapproché. Il les faisait venir chez lui, suivant sa fantaisie, les y gardait un jour, deux parfois, les faisait manger à la cuisine et les renvoyait avec un présent, le plus souvent un mouchoir de coton bariolé, de ceux que les femmes portent sur la tête, et dont il avait un provision dans une armoire de son cabinet.

Au village, on avait depuis longtemps cessé de le maudire. À quoi bon, en effet, charger d'imprécations la pierre du sépulcre qui vous sépare à jamais des vivants ? Bagrianof était sourd et muet comme cette pierre. De temps en temps, obéissant à une coutume immémoriale, les paysans venaient le supplier de leur remettre l'impôt, d'attendre à la saison nouvelle, ou d'épargner quelqu'un des leurs à l'époque du recrutement.

Peine perdue ! Son méchant sourire, sa raillerie contenue, ses façons de grand seigneur, qui ne l'abandonnaient jamais, tout cela faisait plus lourdement retomber sur eux la pierre un instant soulevée par une vague espérance. Aussi les paysans de Bagrianof n'étaient-ils plus des hommes. Le village ne connaissait plus les lois de l'hospitalité.

Malheur au passant de race noble ou seulement vêtu à l'occidentale qui, s'étant égaré dans sa promenade, demandait son chemin ! Malheur à celui qui, dans les chaleurs de l'été, implorait un verre d'eau pour étancher sa soif ! Il se voyait repoussé par les femmes, chassé à coups de pierres par les enfants, poursuivi par des chiens hargneux. Tout homme de race seigneuriale était un ennemi.

Les cabanes nues, le sol aride, les puits desséchés où l'on ne faisait pas revenir la source tarie, de peur qu'il n'en fallût porter l'eau fraîche à la demeure seigneuriale, l'abandon des granges communales, la maigreur des chevaux et des vaches, tout parlait éloquemment de la tyrannie du maître tandis que dans les villages environnants de grasses prairies, des blés magnifiques, des troupeaux abondants évoquaient des idées de richesse et de prospérité. Les paysannes, vêtues de jupes éclatantes et de chemises bariolées, rencontraient à leurs puits les filles hâves et déguenillées de Bagrianovka.

– Pourquoi ne vis-tu pas comme nous ? disaient-elles à la femme émaciée par la misère, qui portait ses deux seaux d'eau pendant une demi-heure sous le soleil ardent pour retourner à son village.

– Le seigneur nous prend tout, murmurait celle-ci en regardant derrière elle avec frayeur.

Plus tard elles cessèrent de répondre ; leurs yeux farouches jetaient un regard de haine aux heureux qui avaient tout en abondance.

– Ils vivent comme des loups, ils se dévorent entre eux, se dit-on dans les villages environnants. Et l'on ne songea même plus à les plaindre.

Chapitre II

La récolte de 1842 fut exceptionnellement mauvaise pour les habitants de Bagrianovka ; la terre, dès la fin de l'hiver, se trouva brûlée par un soleil ardent ; une sécheresse de quatre mois consomma la ruine des pauvres gens. Dans les gouvernements de l'intérieur, – c'est-à-dire en province, – les communes sagement administrées et les granges seigneuriales renferment souvent une réserve de blé suffisante pour dix années ; mais les paysans de Bagrianovka n'avaient rien. L'année précédente ne leur avait pas été favorable, et dès le printemps il leur avait fallu emprunter au maître le grain des semailles. Septembre était venu ; les maigres avoines se penchaient, légères et vides, – si vides qu'elles pouvaient tout au plus servir de fourrage aux bestiaux faméliques ; – la récolte du blé avait été nulle ; les mauvaises herbes avaient tout envahi. Les paysans de Bagrianovka se virent, un dimanche matin, en face de l'obligation de payer leur redevance au seigneur le jour même ; l'hiver menaçait d'être dur, pas un d'entre eux n'était assuré de pouvoir nourrir sa famille jusqu'au printemps.

Bien avant l'ouverture de l'église, les hommes se trouvèrent rassemblés devant la porte. Le *starchina* – doyen du village – éleva tristement la voix :

– Frères, la commune n'a rien, dit-il, et chacun de nous n'a pas même le nécessaire. Ne faudrait-il pas prier le seigneur de nous remettre notre dette jusqu'à l'an prochain ? Peut-être Dieu aura-t-il pitié de nous, et nous donnera-t-il une meilleure récolte.

Chapitre II

Un morne silence accueillit cette proposition. Les têtes baissées, les épaules tristement secouées annonçaient le peu de succès qu'elle avait auprès des paysans.

– Y a-t-il parmi vous un homme qui puisse répondre pour les autres ? reprit le doyen. S'il en est un qui ait quelque bien, qu'il le mette à la disposition de ses frères ; ceux-ci ne l'oublieront pas.

Les paysans s'entre-regardèrent. Quelques-uns d'entre eux n'étaient pas absolument dépouillés, mais la méfiance vient vite aux malheureux.

– Ce que tu dis n'est pas raisonnable, doyen, dit enfin l'un des moins pauvres de la commune : tu sais bien que si l'un de nous montre son blé ou son argent, on le lui prendra aussitôt, et, alors à quoi cela vous servira-t-il !

Le silence se fit de nouveau. En ce moment, le prêtre s'approchait de la porte de l'église. Les hommes s'écartèrent pour lui livrer passage.

– Père, que nous conseillez-vous ? dit le *starchina*. Nous ne pouvons pas payer.

Le prêtre était un homme de vingt-six ans à peine, de haute taille, le visage ouvert et engageant, avec des yeux bleus, une barbe brune et de longs cheveux qui le faisaient ressembler au Christ peint sur la porte du tabernacle. Son visage avait une expression de douceur et de fermeté virile, propre à inspirer la confiance et le respect. Plein de pitié, il regarda les paysans. Nouveau parmi eux, il ignorait encore l'étendue de leur misère et la rage sourde qui couvait dans leurs âmes.

– Demandez, mes enfants, dit-il, et il vous sera donné ! Allez implorer la miséricorde de votre seigneur, et peut-être la compassion ouvrira-t-elle son cœur à vos prières.

– Il ne cède jamais ! murmura un paysan à l'air farouche.

– Il cédera peut-être cette fois, Ilioucha ! Ne désespère pas de la Providence. Si vous le voulez, je dirai pour vous une prière après la messe.

– Nous ne pouvons pas la payer, répondit un autre paysan.

– Ne vous inquiétez pas du payement, dit le prêtre en souriant. Allons, mes enfants, la prière repose le cœur, peut-être Dieu ouvrira-t-il à la miséricorde l'âme de votre seigneur.

Il entra dans l'église avec le sacristain. La foule le suivit lentement. Le seigneur se faisait attendre. Jamais il n'eût permis qu'on commençât l'office sans lui. Enfin la cloche retentit à sons égaux et réguliers ; le maître approchait. Il passa le seuil de l'église, la tête haute, regardant autour de lui, comptant ses hommes comme des têtes de bétail. Il arriva jusqu'à la tribune seigneuriale, séparée du reste de l'église par une balustrade en bois ; il y prit place, et le diacre chanta le premier verset devant la porte close du saint des saints.

La messe terminée, comme Bagrianof s'apprêtait à quitter sa place, il vit le prêtre en habit sacerdotaux commencer la prière d'actions de grâce. Mécontent de cette innovation, il fronça le sourcil. Qui donc, dans son église, avait eu l'audace de demander une prière spéciale sans qu'il en fût prévenu ? Cependant il garda le silence ; ses yeux erraient çà et là dans les groupes.

Son bétail priait avec une ferveur extraordinaire. Les têtes et les épaules, s'inclinant et se redressant, ondulaient dans toute l'église comme les épis un jour de tempête. Le répons : « Seigneur, ayez pitié de nous », sortait de toutes les poitrines avec un élan contenu, signe d'une grande agitation.

Bagrianof remarqua tout cela et ne dit rien. La prière terminée, quand le prêtre, après avoir béni la foule avec la croix élevée entre ses deux mains, s'arrêta au milieu de l'église, présentant le crucifix à l'adoration de chacun, le seigneur resta un moment immobile. Personne n'aurait osé s'avancer avant lui ; sa femme le regarda étonnée et baissa les yeux en frissonnant.

Il jouit un instant de son autorité despotique sur cette foule, sur le prêtre, – qui l'attendait de pied ferme, pâle, mais immobile, impassible sous l'injure ; – puis il s'avança, fit le signe de la croix, baisa le crucifix, dépêcha un second signe de croix, et, toisant le prêtre d'un regard ironique :

– Qui donc vous avait commandé les prières aujourd'hui, mon révérend Père ?

– C'est moi, Votre Seigneurie ; j'ai pensé que la colère du ciel s'est déchaînée sur ces pauvres gens, et que la prière les consolerait tout au moins, même si elle n'arrivait pas jusqu'au trône de l'Éternel.

– Fort bien pensé ! répondit Bagrianof toujours souriant ; mais je n'aime pas les nouveautés, ne l'oubliez pas, je vous prie. Venez-vous dîner chez nous ?

Sur cette invitation dédaigneuse, le maître se retira sans attendre la réponse. Le prêtre pâlit sous l'insulte, et ses mains serrèrent plus étroitement la croix. Il la présenta machinalement aux lèvres qui s'approchaient ; c'étaient celles de madame Bagrianof. Pieusement, obéissant à l'usage, elle baisa la main qui tenait la croix, et une larme resta sur les doigts crispés du prêtre. Celui-ci regarda la malheureuse ; un sourire plein de bonté éclaira son visage.

Une heure après, la députation du village se présenta devant le perron. Bagrianof les avait vu s'approcher, et les fit attendre un bon moment, tête nue, sous la bise qui arrachait les feuilles sèches aux arbres frissonnants ; puis revêtant sa chaude pelisse, la tête couverte d'un bonnet fourré, il s'avança sur le perron.

Les dix ou douze pauvres diables qui attendaient tout de son bon plaisir, serrés en peloton, s'inclinèrent jusqu'à toucher du front le sol ; puis ils se redressèrent. Le doyen prit la parole.

– Seigneur, dit-il, la récolte a été mauvaise, comme tu le sais. Dieu ne nous a pas épargnés. Nous avions promis de te rendre le grain que tu nous as prêté au printemps, et voici que nous ne pouvons pas. Aie pitié de nous, fais-nous remise de notre dette jusqu'à l'automne prochain ; nous te payerons alors le double de ce que nous te devons, et nous bénirons ta grande miséricorde jusqu'à la fin de nos jours.

Bagrianof l'écoutait en souriant ; il promena son regard sur le groupe, et répondit posément de sa voix la plus douce :

– Je ne sais pas pourquoi vous me proposez le double de ce que vous me devez, mes enfants ! Ai-je jamais passé pour un homme avare ? Ai-je jamais exigé plus que mon dû ? Alors, mes enfants, continua le maître avec un sourire de triomphe, payez-moi ce que vous me devez, – cela seulement, – et tout ira très bien.

– Nous ne pouvons pas payer tout de suite, dit faiblement le *starchina* ; tu sais toi-même combien la récolte a été détestable.

– La récolte n'a pas été meilleure pour moi que pour vous, répondit Bagrianof. J'ai besoin d'argent !

– De l'argent ! gémit le *starchina*. Où le prendre ?

Un sombre murmure accompagna ce cri désespéré.

– Où ? répéta Bagrianof toujours calme : vous demandez où ? mais n'avez-vous pas des vaches et des chevaux ? N'avez-vous pas des pelisses et des instruments de labour ? Cela vaut de l'argent, tout cela, je pense ?

– Mais, notre père...

– Qui est-ce qui dit « mais » ? répondit le maître ; je ne dois rien à personne : faites comme moi... Ainsi vous ne voulez pas me payer aujourd'hui ; vous n'avez rien apporté ?

– Non, maître.

– Soit ! je vous donne jusqu'à dimanche prochain. Si alors vous n'avez pas payé, j'ai un moyen de vous faire de l'argent. On me demande des gardeuses d'oies, des vachères et des laitières chez mes voisins du gouvernement d'Olonetz. Vous avez chez vous des filles alertes et vigoureuses ; je les ferai estimer à leur valeur, et je les vendrai. Vous pourrez ainsi vous libérer sans bourse délier. Adieu, mes enfants, portez-vous bien.

Il leur tourna le dos et ferma la porte de sa maison.

Le gouvernement d'Olonetz ! l'exil dans un désert glacé ! la famille désunie ! le foyer profané !... Les paysans s'éloignèrent sans trouver un mot de réponse.

– Dieu nous a maudits ; c'est la fin du monde ! dit Ilioucha en rentrant chez lui.

Il avait cinq filles, dont trois en âge d'être mariées.

Chapitre III

La nuit arriva, froide et désolée : un vent féroce faisait craquer les arbres et tomber les branches desséchées. De gros nuages passaient avec rapidité sur le mince croissant de la lune. Le village était muet et comme mort. Il était à peine huit heures, et dans toutes les cabanes les femmes et les enfants s'étaient couchés, le cœur gros d'avoir pleuré.

Les hommes ne dormaient pas. Réunis sans lumière dans la cabane du doyen, ils cherchaient une issue et n'en trouvaient point. La vente de leurs instruments de travail, de leur bétail maigre et fatigué, ne pouvait être qu'un palliatif. Le printemps reviendrait, et

Chapitre III

alors comment cultiver la terre, peut-être plus féconde cette fois, sans l'aide du cheval et de la charrue ? Fallait-il laisser partir leurs filles ?... Plusieurs penchaient pour cette alternative. Chose triste à dire, la misère détruit tous les sentiments, chez les paysans russes, même celui de la famille, et laisse à peine subsister les instincts : celui de l'enfant n'est vraiment fort qu'au cœur de la mère qui l'a porté et nourri ; puis la grande jeune fille, réservée et silencieuse dans l'isba, n'est presque plus l'enfant qu'on a élevé.

Ilioucha cependant ne pouvait se résigner à cette idée : il aimait ses filles, n'ayant pas de garçons, ses belles fortes filles qui valaient chacune un homme au travail. De plus, mal noté chez le seigneur pour ses velléités d'insubordination, il était si bien sûr d'être le premier et le plus rudement frappé dans le désastre qui les menaçait.

– Eh bien ! non, dit-il après une longue discussion souvent interrompue par de mornes silences, je ne consentirai jamais à voir vendre mes filles comme des moutons ! Et vous savez bien qu'il nous trompera encore sur le prix de la vente... Non, je ne veux pas !

– Mais que veux-tu alors ? Notre mort à tous ?

– Non, répondit Ilioucha en baissant la voix, sa mort à lui...

Un silence se fit. Il n'était pas un de ces hommes qui n'eût songé cent fois que la mort le délivrerait de ce joug insolent : pas un n'avait osé le dire. La parole terrible sembla n'avoir pas été recueillie.

Après avoir attendu un moment, Ilioucha reprit :

– Ce n'est pas difficile : il n'y a que des femmes chez lui ; les hommes couchent tous dans la maison des domestiques. C'est l'affaire d'un moment. – et nous serons libres.

– Et après ? dit une voix sans exprimer d'autre opposition.

– Après ? Rien ! C'est la dame qui hérite, et elle n'est pas méchante.

– Et la justice ? et le sang ?

– Si on l'étrangle, il n'y aura pas de sang, répondit Ilioucha avec un calme qui prouvait que toutes les objections avaient été prévues dans son esprit. Ce sera un accident, un coup de sang.

– Il dort seul ? dit une voix.

On ne savait qui parlait, dans ces ténèbres épaisses.

– Tout seul, dans son cabinet. La dame et la demoiselle dorment dans une autre partie de la maison, près des femmes de chambre. Nous n'avons pas besoin de faire du bruit !

– Et les chiens ?

– Nous tuerons deux ou trois poules, et on les leur donnera toutes chaudes. Ils aiment bien cela, ils ne diront rien.

Le silence se fit de nouveau.

– Nous sommes trop, reprit Ilioucha : cinq suffiront, quatre même, si vous voulez.

– Il est robuste, fit observer une voix dans un coin ; il se défendra.

– Eh bien ! soyons cinq. Avec un bon bâillon pour commencer, il n'aura guère le temps de se défendre. Est-ce dit ?

Un silence terrible se fit pour la troisième fois.

– Est-ce dit ? répéta Ilioucha avec un accent de colère. – On ne répondit pas. – Vous n'êtes que des femmes ! s'écria-t-il, et il cracha à terre en signe de mépris.

– C'est dit, répétèrent les quatre ou cinq plus braves, non sans terreur.

– Alors faisons l'appel ! Qui est-ce qui est ici ? dit Ilioucha avec une expression de triomphe dans la voix.

Les paysans se nommèrent tour à tour, tous jusqu'au dernier.

– Jurez-vous de garder le silence et de mourir plutôt que de parler ?

– Nous le jurons ! répondirent-ils d'une voix contenue.

– Sur le salut de votre âme ?

– Sur le salut de notre âme.

– Qui est-ce qui vient avec moi ?

– Choisis toi-même, répondit une voix. Nous faisons cette chose pour le bien de nos familles et du village ; ce n'est pas une œuvre de vengeance, choisis ceux que tu veux prendre : ils iront avec toi.

Ilioucha nomma quatre paysans vigoureux parmi ceux qu'il savait les plus menacés et les plus mécontents.

– Attendons encore deux heures, dit-il. Quand la lune descendra du ciel, ce sera le moment où le seigneur s'endort ; nous le surprendrons dans son premier sommeil. Vous autres, dit-il à ceux qui restaient, allez vous coucher, et n'ayez l'air de rien savoir. Il faut que demain tout se passe comme à l'ordinaire.

Chapitre III

Vers minuit, Ilioucha, suivi de sa bande, entra résolument dans la cour en franchissant le fossé. Les chiens grognèrent, mais les poules toutes chaudes leur firent bientôt accueillir les intrus comme des amis. La porte de la maison, fermée d'un simple loquet, s'ouvrit discrètement, et les conjurés, qui connaissaient les êtres, arrivèrent à la porte du cabinet de Bagrianof, aussi peu défendue que le reste de la maison.

Une lampe brûlait dans le coin devant les images saintes ; la lueur qui filtrait sous la porte arrêta un moment ceux qui allaient jouer leur vie. Ils écoutèrent… aucun bruit insolite ne frappa leur oreille. La respiration profonde de Bagrianof endormi, les craquements du plancher sous leur poids, le cri d'un oiseau dans le lointain ; c'était tout. Ils entrèrent.

Bagrianof fut aussitôt sur son séant. Il voulut crier, mais un bâillon solide appliqué sur sa bouche étouffa le son, et il retomba garrotté sur son lit.

Les meurtriers s'arrêtèrent alors et se regardèrent.

Leur ennemi était en leur pouvoir, il ne s'agissait plus que de lui ôter la vie. Mais ce qui avait paru tout simple en face du péril et de la lutte devenait horrible en présence de cet homme sans défense.

Bagrianof, immobile, les regardait avec des yeux farouches. Son visage, à demi-caché par le bâillon, changea soudain d'expression ; les doigts de sa main droite, seuls libres de leurs mouvements, esquissèrent un signe de croix sur sa poitrine pendant que son regard exprimait la prière.

– Que veut-il ? demanda un des paysans.

– Il veut peut-être prier Dieu avant de mourir, répondit un second.

– Écoute, seigneur, dit Ilioucha, tu vas mourir, parce que tu es dur et cruel envers nous, et que tu es sourd à la voix de la miséricorde..

Inconsciemment, cet homme inculte employait un langage élevé, presque biblique, celui des Écritures qu'on lit en slavon aux offices de l'Église russe.

– Nous voulons ta mort, continua-t-il, parce qu'elle seule nous délivrera de toi, mais nous ne voulons pas la perte de ton âme. Repens-toi, et fais ta prière à Dieu pour qu'il reçoive ton âme pécheresse dans son royaume céleste.

Bagrianof agita encore ses doigts sur sa poitrine.

– Il ne peut pas même faire le signe de la croix, dit un des conjurés. Délions-lui la main droite afin qu'il puisse prier.

Ilioucha dégagea aussitôt la main droite de Bagrianof, qui s'en servit pour indiquer les images et l'Évangile qui était ouvert devant, sur un pupitre. Cet homme impitoyable, cet insolent seigneur, priait dévotement matin et soir, et ne se couchait jamais sans avoir lu quelques versets des Écritures.

– Tu veux lire ? fit un des paysans. Non, prie plutôt, cela vaudra mieux.

Bagrianof, toujours humble et soumis, fit un geste de dénégation et tendit de nouveau la main vers le livre. Sur le même pupitre était une croix.

– C'est la croix que tu veux ?

Bagrianof fit un signe affirmatif

– Apportez-lui la croix, qu'il la baise, dit Ilioucha. Mais attention : si tu cries, on te tord le cou tout de suite, sans te laisser le temps de te repentir. Donnez-moi le mouchoir, vous autres.

Ils passèrent le mouchoir avec un nœud coulant au cou de Bagrianof, et Ilioucha en prit le bout ; puis un paysan apporta la croix pendant qu'un autre ôtait le bâillon.

Bagrianof respira longuement, en fermant les yeux de peur de laisser éclater sa joie. C'était un pas énorme que d'avoir recouvré la parole. Il était désormais à peu près sûr d'avoir la vie sauve.

– Mes ami, dit-il doucement, je suis très coupable envers vous et envers Dieu ; mais si vous me laissez le temps de me repentir, je vous jure de consacrer le reste de ma vie à réparer le mal que je vous ai fait.

La phrase était longue, mais habile, et il avait eu le temps de la mûrir.

– Oui, dit Ilioucha dédaigneusement, nous te connaissons : tu parles doucement aujourd'hui, et demain tu nous enverras en Sibérie.

– Non, je vous le jure ! dit Bagrianof en se signant. Je comprends maintenant le mal dont je suis coupable, puisque j'ai pu vous amener à commettre le crime horrible du meurtre, si détestable à Dieu. Que le péché en reste sur moi ! Si j'avais été un maître doux et indulgent, vous n'auriez pas conçu ce projet que jamais l'Église ne vous pardonnera, et qui expose vos âmes à la colère du Tout-Puissant.

– Songe à ton âme plutôt qu'aux nôtres ! dit rudement Ilioucha. Nous avons le temps de nous repentir, et toi, tes minutes sont comptés ! Allons, invoque la grâce de Dieu, et finissons.

– Si vous me laissiez la vie, mes bienfaiteurs, dit Bagrianof de sa voix la plus persuasive, je vous aurais fait remise de toute votre dette ; de plus, je vous aurais donné tout de suite du blé pour l'hiver. Ma réserve est pleine, vous le savez bien, et je vous aurais fait cadeau à chacun d'un sac de pommes de terre.

– C'est trop peu, dit un des paysans.

– Finissons ! répondit Ilioucha en assujettissant le mouchoir dans sa main.

Le mot du paysan avait fait voir à Bagrianof qu'en promettant beaucoup, il pouvait se tirer de là. Les conjurés n'étaient pas tous aussi résolus qu'Ilioucha, et l'idée du meurtre dont il avait évoqué le châtiment devant eux ébranlait leur conscience timorée.

– Un sac de pommes de terre par homme dans le village, voulais-je dire, et un demi sac par femme et par enfant. Et puis je vous aurais fait remise de la redevance pour l'année prochaine.

– Allons, assez ! dit impérieusement Ilioucha, qui sentait l'ennemi lui échapper. C'est fini !

Il tira sur le mouchoir, mais ses compagnons arrêtèrent son bras.

– Si le maître veut faire ce qu'il dit, et encore quelque petite chose, dirent-ils, ce n'est pas la peine de le tuer.

– Soit, répondit Ilioucha, je sens les verges sur mon dos, et ma carcasse, si je survis, ira pourrir en Sibérie. Vous l'aurez voulu, frères ! Que votre volonté soit faite. Je ne cherchais que votre bien.

Il alla s'asseoir sur une chaise, le dos tourné.

– Qu'est-ce que tu nous donneras, si nous te laissons la vie sauve ? dit alors un des paysans, pendant que les autres, indécis, regardaient Ilioucha, qui ne voyait plus rien autour de lui.

– Je vous donnerai le pré qui est au bord de la rivière pour y faire paître vos bestiaux, dit Bagrianof qui se sentit sauvé.

Ce pré était le plus beau pâturage des environs, l'envie du district entier. Inondé chaque année par les crues, il produisait un fourrage abondant qui rapportait à lui seul un millier de roubles argent. Les paysans, vaincus, se regardèrent.

– Tu promets aujourd'hui, et demain tu renieras tes promesses, dit le plus décidé. Sur quoi promettras-tu ?

– Sur le salut de mon âme !

– Cela ne suffit pas, dit le paysan. On pèche, puis on se repent, et le Seigneur est miséricordieux. Jure sur autre chose.

– Sur la croix ! dit Bagrianof, les yeux brillants de joie.

On apporta la croix.

– Jure de nous faire grâce de la redevance pour les deux années écoulées et pour l'année prochaine.

– Je le jure, dit Bagrianof.

– Répète tout ! firent les paysans pleins de méfiance.

Bagrianof répéta la phrase tout entière.

– Et de nous donner le blé et les pommes de terre, comme tu les as promises.

– Le blé et les pommes de terre, comme j'ai promis, répéta fidèlement le seigneur. Je le jure.

– Et le pré au bord de la rivière, tel qu'il est ?

– Tel qu'il est, avec les meules de foin dessus, répéta Bagrianof, je le jure. Et quoi encore ?

– De ne jamais révéler à âme qui vive ce qui s'est passé cette nuit, dit Ilioucha en se levant brusquement, – d'être désormais indulgent envers tes paysans, chaste avec nos filles, honnête dans les comptes de corvée, jure tout cela !

– Je jure de ne jamais rien dire de ce qui s'est passé ici, répéta Bagrianof ; je jure d'être indulgent avec vous, réservé avec vos filles et honnêtes dans les comptes.

– Jure-le sur ton âme immortelle, et sur ton salut, et sur la croix où le Sauveur est mort pour nous tous, pour nous comme pour toi ! répéta cet égalitaire inconscient.

– Je le jure sur mon âme, au péril de la damnation éternelle, et sur le corps du Christ mort pour nous.

Les paysans firent le signe de la croix et baisèrent le crucifix.

Bagrianof les imita.

– Maintenant, mes petits pigeons, déliez-moi, dit-il avec aisance.

On le délia. Il se leva, étira son grand corps et fit quelques pas. Son œil plein de malice sardonique rencontra le regard sombre d'Ilioucha. Celui-ci chercha vainement une arme autour de lui.

– Nous sommes perdus, dit-il à ses compagnons ; mais vous l'avez voulu. Adieu.

Il passa la tête haute devant Bagrianof toujours railleur.

– N'oublie pas que tu as juré ! dirent les paysans, soudain saisis d'une vague terreur.

– Soyez sans crainte, mes amis, dit le seigneur en les reconduisant jusqu'au seuil de la porte. Demain, au jour, nous signerons l'acte de cession de mon pré à la commune. Bonne nuit.

Les paysans s'en allèrent l'oreille basse derrière Ilioucha, qui marchait d'un pas égal, la tête haute, comme un homme à qui tout est désormais indifférent.

Lorsqu'ils eurent disparu au tournant du chemin, Bagrianof ouvrit sans bruit la porte de sa maison et se rendit à l'écurie. Il réveilla son cocher et lui parla avec une douceur inusitée.

– Attelle deux bons chevaux, lui dit-il, entoure de foin les roues du drochki et les sabots de tes bêtes ; j'ai affaire en ville, et je n'ai pas besoin qu'on sache que je suis parti.

Une demi-heure après, l'équipage roulait discrètement sur le chemin sablé. Le village et la maison, confondus en une masse noire, se perdaient dans l'obscurité sous le ciel tourmenté par la tempête. Au moment où ils atteignirent la grand-route du chef-lieu du gouvernement, Bagrianof s'accota commodément dans l'équipage en riant sans bruit.

– Les imbéciles ! dit-il à demi-voix.

Chapitre IV

Le soleil était levé depuis deux heures quand Bagrianof arriva à la ville. Il se fit conduire aussitôt chez les autorités. Le général-gouverneur, prévenu de son arrivée, le reçut froidement.

– Vos paysans ont voulu vous tuer cette nuit, dites-vous ? De quoi se plaignent-ils ? car je suppose que ce n'est pas sans motif qu'ils en sont venus à cette extrémité.

– Ils ne veulent pas payer leur redevance, ni la dette qu'ils ont contractée envers moi lors des semailles, et le moyen leur a paru bon pour s'acquitter.

– La récolte a-t-elle été meilleure chez vous que chez les propriétaires voisins ?

– Non, Votre Excellence, dit Bagrianof en se mordant les lèvres.

– Vous êtes le maître, après tout, reprit le gouverneur ; ce ne sont pas mes affaires. Et vous dites qu'ils vous ont laissé la vie sauve ?

– Comme Votre Excellence peut en juger elle-même.

– À quelles conditions ?

– Les conditions importent peu ; toute promesse arrachée par la force et sous le coup de la menace est nulle de plein droit.

– Parfaitement, dit le gouverneur avec un signe affirmatif. Et sans doute la première de ces conditions peu importantes a été le secret, et naturellement vous êtes venu les dénoncer ?

– Cela vous étonne, Excellence ? dit Bagrianof, du ton de persiflage qui lui était familier. Il sentait la colère bouillonner en lui sous le regard méprisant de cet homme de bien.

– Non, monsieur Bagrianof, cela ne m'étonne pas. Alors vous voulez une enquête ?

– Ma simple déposition doit suffire, je pense ?

– Pas absolument ; mais si vous avez des preuves...

Le visage de Bagrianof se rembrunit. Lui, noble, être appelé à fournir des preuves ! être confronté avec ses paysans !...

– Faites-les interroger. Excellence, cela suffira, je suppose ; mais en attendant, je désire qu'on me donne la force armée pour me garder contre ces forcenés.

– C'est trop juste.. Vous savez qu'il y va des verges et de la Sibérie pour ces malheureux, – ces misérables, veux-je dire ?

– Je l'espère, fit Bagrianof.

– C'est bien, monsieur, il sera fait droit à votre requête. Votre village sera occupé par les troupes ce soir même.

– Je remercie Votre Excellence, dit Bagrianof en se dirigeant vers la porte.

Il avait la main sur le bouton lorsque le général-gouverneur, d'un brusque mouvement de colère, fit tomber un livre placé sur le coin de son bureau. Bagrianof se retourna. Les deux hommes se regardèrent un moment.

– Savez-vous, monsieur Bagrianof, dit le gouverneur, que vos paysans, pendant qu'ils y étaient, ont eu grand tort de ne pas vous tuer tout à fait ?

– Ce n'est pas mon humble avis, répondit le seigneur. Je suis le serviteur dévoué de Votre Excellence.

Le général-gouverneur marcha quelque temps de long en large dans son cabinet, en proie à cette rage particulière aux honnêtes gens qui voient échapper un coquin. Enfin, ne découvrant pas d'issue à la situation, il s'arrêta, froissa quelques papiers avec colère et écrivit l'ordre d'occuper militairement le village de Bagrianovka.

– Il n'y a guère de scélérats de cette espèce, murmura-t-il en signant le papier avec un geste de rage ; mais si peu qu'il y en ait, ils déshonorent notre pays, à nos yeux comme à ceux de l'étranger. Si encore ils l'avaient tué ! ne put-il s'empêcher d'ajouter avec regret.

Bagrianof se fit conduire au meilleur hôtel de la ville. C'était une large maison construite en brique, blanchie à la chaux au dehors comme au dedans ; les blattes marron circulaient activement sur le plancher soigneusement lavé ; une vague odeur nauséabonde s'exhalait des canapés de crin, roussis par l'usage ; les garçons d'hôtel en chemises rouges couraient çà et là avec des essuie-mains très sales sur le bras, portant des plateaux couverts de tasses de thé, en équilibre sur trois doigts, à la hauteur de leurs oreilles.

À l'entrée de Bagrianof, un mouvement de curiosité se produisit parmi les consommateurs ; des tables les plus reculées, on tendit le cou pour apercevoir le terrible seigneur à la barbe blanche, dont les nourrices évoquaient l'image comme celle de croquemitaine, pour effrayer les enfants.

Plus flatté que blessé de cette curiosité, Bagrianof porta la main au bord de son chapeau.

– Bonjour, messieurs, dit-il.

Un bonjour timide lui répondit. Si personne n'était empressé de frayer avec lui, chacun craignait de s'attirer son inimitié.

Un garçon s'empressa de passer un essuie-main sur une table devenue vacante comme par enchantement, et Bagrianof s'assit en prenant ses aises. Le silence continuait à régner dans la salle ; l'hôte s'approcha obséquieux, et salua jusqu'à terre.

– Que faut-il à Votre Seigneurie ? dit-il d'une voix douce.

– Ma Seigneurie veut à dîner ; ce que tu as de meilleur, et vite surtout !

Un menu succulent fut bientôt arrêté.

– Et des confitures, ajouta Bagrianof. J'aime les confitures.

L'hôte disparut comme une ombre chinoise.

Un marchand de drap, gros bonnet de la ville, se décida à entamer la conversation.

– Vous voilà donc en ville, Votre Seigneurie, dit-il, non sans s'étonner de sa propre hardiesse.

– Comme tu le vois, répondit Bagrianof, en s'allongeant sur deux chaises.

– Permettez-nous de nous informer si c'est pour votre plaisir ou pour vos affaires, continua le marchand, prenant courage.

– Pour l'un et pour l'autre, répondit Bagrianof d'un air agréable ; mais je ne t'achèterai rien aujourd'hui, André Procofitch.

– Oh ! ce n'est pas l'intérêt qui me fait parler... Alors Votre Seigneurie ne fera pas d'emplettes ?

Le plateau du dîner dispensa Bagrianof d'une réponse. Il se mit à manger avec un véritable plaisir. Les émotions de la veille et cette froide journée d'octobre lui avait ouvert l'appétit. Il dîna copieusement, arrosa son repas d'une bouteille de vin de Bordeaux, – il aimait les vins de France, – se fit faire une tasse de café, puis recula jusqu'à la muraille sur sa chaise qu'il fit pivoter. De là, il jeta sur l'assistance un regard moqueur.

– Et maintenant, mes pigeons chéris, dit-il, vous voudriez bien savoir pourquoi je suis venu à la ville ?

– Certainement, Votre Seigneurie, fit un gros marchand joufflu qui se trouvait près de lui.

– Eh bien, mes frères bien aimés, je vais satisfaire votre curiosité. Je suis venu parce que mes paysans – quelle racaille ! – ont voulu m'assassiner cette nuit.

Chapitre IV

Un murmure d'étonnement plus que d'horreur parcourut le groupe.

– Ils ont voulu m'assassiner, continua Bagrianof excité par le vin qu'il venait de boire ; mais je leur ai promis tout ce qu'ils ont voulu, et ils m'ont laisser aller, les imbéciles ! Dis donc aussi que ce sont des imbéciles, toi, fit-il en poussant rudement le marchand joufflu, qui se trouvait à portée de son bras.

Le groupe recula tout entier, comme un automate. On ne riait plus.

Bagrianof fronça légèrement le sourcil et scruta les visages qui le regardaient ; puis, se rappelant qu'il n'était plus sur ses terres, il reprit son attitude aisée, adossé au mur et se balançant sur sa chaise.

– Oui, reprit-il, ils m'ont laissé aller, et je suis arrivé chez le général-gouverneur ; il n'est pas aimable, votre général-gouverneur ; c'est une vieille bûche. Mais ça n'empêche pas que demain le village sera occupé par les troupes, et les bons chrétiens qui ont voulu m'envoyer en paradis iront en Sibérie, après qu'on leur aura convenablement frotté le dos. Voilà ce qui m'a fait dire que j'étais venu pour mon plaisir, aussi bien que pour mes affaires.

Le silence continuait, glacial ; sensiblement le cercle vide s'était agrandi autour de Bagrianof.

– Eh ! garçon, cria-t-il, fais-moi un peu de musique. J'aime la musique après dîner.

Un garçon de service se glissa près du grand orgue de Barbarie qui occupe invariablement le fond de la salle d'honneur dans toute auberge russe, et mit en mouvement la lourde manivelle.

– Plus vite, cria Bagrianof. J'aime la musique de danse. N'ai-je pas raison, vous autres ?

Il se tourna pour obtenir un signe d'assentiment, mais la salle était vide. Le garçon qui l'avait servi à table, debout devant lui, le regardait d'un air craintif, son essuie-mains sur le bras.

– Appelle ton maître, dit Bagrianof, d'une voix tonnante.

Le maître parut, l'échine ployée, pressentant quelque malheur.

– Pourquoi sont-ils partis ? dit posément le seigneur.

– Les affaires, mon bienfaiteur. C'est aujourd'hui jour de marché.

– Tu mens, dit Bagrianof, sans se troubler. Ce n'est ni jour de marché ni jour de foire. Vous avez peur de moi, parce que je vais faire écorcher le dos des paysans qui ont voulu me tuer. Je n'ai qu'un regret, c'est que vous ne soyez pas tous à moi, pour pouvoir vous expédier tous en Sibérie. Vite ta note, et qu'on attelle. J'aime encore mieux les loups de nos forêts que les moutons bêlants comme toi et tes pareils.

Malgré les instances de l'hôte, Bagrianof partit sur-le-champ ; mais il ménagea ses chevaux, car il ne se souciait pas d'arriver trop tôt. Les premières lueurs de l'aube lui montrèrent les casques des soldats en piquet à l'entrée du village. Il se frotta doucement les mains, et, en rentrant, se fit faire du thé par sa femme qui n'osa pas lui adresser de question.

Chapitre V

L'instruction de l'affaire ne fut pas longue. Les paysans inculpés se renfermèrent dans un silence obstiné qui suffit pour établir leur culpabilité. Seul, Ilioucha consentit à desserrer les lèvres.

– Eh bien ! quoi ? dit-il à celui qui l'interrogeait, j'ai voulu tuer le maître ? D'abord ce n'est pas votre affaire. Vous autres gens de la ville, vous ne venez chez nous que pour nous lier les pieds et les mains et nous expédier en Sibérie à l'occasion. Est-ce que vous savez ce que nous pensons, et ce que nous faisons et ce que nous souffrons ? Vous ne savez rien de nous, sinon que nous sommes des scélérats nés pour mal faire. Alors comment se fait-il qu'il y ait de bons paysans, comme ceux des seigneurs voisins, qui aiment leur maître et le servent fidèlement. Et pourquoi n'avons-nous pas fait depuis longtemps ce que nous avons voulu faire à présent, si ce n'est parce que nous avons autant de patience que des moutons ? Nous ne sommes pourtant pas les seuls qui avons voulu tuer notre seigneur pour nous défaire de lui : cela s'est déjà vu dans les temps anciens, et cela se verra encore, tant que le Sauveur n'aura pas pitié de nous autres paysans !

Le fonctionnaire qui conduisait cette affaire était un homme de sens et de cœur ; depuis longtemps il rêvait l'émancipation. Il laissa parler l'accusé sans l'interrompre. Quand Ilioucha se tut, le visage

Chapitre V

plein d'une sombre fureur, les poings fermés au bout de ses bras ballants, il regarda le paysan avec compassion, voulut parler et garda le silence, jugeant que toute parole serait de trop si elle ne parlait de rachat et de liberté.

Les cinq coupables, avec quelques autres dont Bagrianof connaissait l'animosité contre lui, et qu'il dénonça pour se débarrasser de leur présence, furent condamnés chacun à deux cents coups de verges et à la déportation dans les mines de Sibérie, à perpétuité, bien entendu.

Ils écoutèrent leur sentence sans sourciller. Le village retentit tout le jour des plaintes des femmes et des enfants. Ce grand deuil qui frappait plusieurs cabanes s'épancha au dehors en lamentations, comme lorsque la mort visite les familles.

Bagrianof, qui, de sa maison, entendait les plaintes aiguës des femmes accroupies sur le seuil de leurs demeures, commença par se réjouir de cette désolation, qui lui annonçait sa victoire ; mais à la longue ses nerfs, peu sensibles pourtant, reçurent un certain ébranlement de ce bruit monotone et douloureux.

Il eut envie de les faire cesser, mais au premier mot qu'il en toucha au *stanovoï* chargé de l'exécution de la sentence, celui-ci lui répondit assez sèchement :

– C'est l'usage, et je n'ai pas de pouvoirs pour ce que vous demandez.

Restait encore à Bagrianof la joie suprême d'assister à l'exécution. Il ne s'en fit pas faute. Sous ses yeux, on découvrit les épaules des misérables qui lui avaient laissé la vie, on les lia sur une sorte de claie, et, en présence du village entier rangé en cercle, les soldats levèrent les terribles baguettes.

Au premier cri des victimes, le sang monta au visage blême de Bagrianof. Une joie féroce brilla dans ses yeux bleus, il regarda autour de lui ; sa domesticité, rangée sur le perron, lui faisait une garde d'honneur, mais madame Bagrianof n'était pas là. Il rentra dans la maison et reparut, traînant par le bras sa femme, livide et défaillante, qu'il avait trouvée prosternée devant les images.

– Vous avez les nerfs trop faibles, ma chère, lui dit-il en la maintenant près de lui par la main droite, qu'il broyait sous ses doigts d'acier, et c'est toujours une bonne chose que de voir châtier des coupables. Songez, ma chère, qu'ils voulaient vous priver de votre mari !

Madame Bagrianof, les yeux fermés, tressaillait à chaque cri. L'exécution continuait, et les gémissements s'étaient changés en une sorte de râle continu. Les lèvres de la malheureuse murmuraient des prières qu'elle ne comprenait plus.

– Cent ! dit le *stanovoï*, qui comptait les coups. Halte !

– Ce n'est donc pas fini ? murmura madame Bagrianof, tournant vers son mari son visage décomposé.

– Encore cent, ma colombe.

– Faites-leur grâce, Daniel Loukitch, pour que Dieu vous reçoive un jour en paradis, faites-leur grâce !

– Vous voudriez bien qu'ils m'eussent tué, n'est-ce pas ? lui dit le seigneur pour toute réponse.

– Grâce, grâce ! murmura-t-elle, sans savoir ce qu'elle disait.

– Allez ! dit Bagrianof d'une voix ferme en levant la main.

Les verges sifflèrent, un cri déchirant retentit, et madame Bagrianof tomba évanouie.

– Quelle poule mouillée ! fit Bagrianof en haussant les épaules, emportez votre maîtresse, dit-il aux domestiques, et brûlez-lui de la plume sous le nez : c'est souverain contre les évanouissements.

Le châtiment continua et s'acheva au milieu du silence. Les femmes, épuisées, ne criaient plus ; quelques-unes s'étaient couchées la face contre terre dans un désespoir sans paroles et sans larmes. Les patients étaient les uns évanouis, les autres indifférents à force de souffrance : à peine leurs corps tressaillaient-ils à chaque coup ; de grosses gouttes de sueur tombaient de leurs fronts, de grosses gouttes de sang roulaient sur leurs flancs lacérés.

Quand ce fut fini, on les délia et on leur fit boire un peu d'eau-de-vie, après quoi on les conduisit au greffe communal, qui leur servait de prison. Le *stanovoï*, moins dur que le seigneur, bien que de tels spectacles lui fussent familiers, peut-être par haine et par mépris de Bagrianof, permit aux pauvres femmes de venir panser leurs maris.

Pareilles aux saintes femmes de l'Évangile, les paysannes se glissèrent sans bruit dans la salle étroite et basse où les malheureux gisaient sur un lit de foin ; pendant un moment les douces plaintes de leurs cœurs compatissants se mêlèrent aux gémissements de la douleur. Leurs mains secourables lavèrent les blessures avec de l'eau fraîche. Un bruit de baisers doux comme un bruit d'ailes flotta dans l'air, comme si les anges de la miséricorde planaient au-dessus de cette scène d'horreur, apportant aux martyrs le baume des larmes de la charité.

Bagrianof vint aussi, – pas par charité ni pour apporter aucun baume ; – mais pour la première fois de sa vie, il trouva de la résistance. Le *stanovoï*, qui le guettait, lui défendit absolument l'entrée de la prison.

– Je suis ici chez moi, dit-il avec plus de surprise que de colère, tant l'idée de l'opposition de la part de qui que ce fût lui semblait étrange.

– Je suis pour le moment directeur de prison, répondit le brave homme, meilleur que son métier. Je ne permets pas en ce moment que l'on trouble le repos de mes prisonniers.

– Je vous ferai casser, vous pouvez y compter, répliqua Bagrianof sans se troubler, en saluant d'un geste hautain celui qui osait lui tenir tête.

– À votre aise, monsieur, et même vous pouvez postuler pour ma place, dit tranquillement le *stanovoï* en lui tournant le dos.

Cette tragédie avait encore un acte ; dès le lendemain, les coupables, bien et dûment garrottés, furent hissés sur des chariots attelés de deux chevaux. La troupe se rangea autour des véhicules, et le *stanovoï* donna le signal du départ.

Alors de chaque poitrine sortit un gémissement. Le village entier, hommes et femmes, pleurait les frères qui mourraient loin de la douce patrie, loin du village, où la vie était si dure, mais où l'on était aimé. Les exilés n'avaient plus de larmes ; les uns rongés par la fièvre, les autres assoupis dans l'hébétement des grandes douleurs, ils laissaient pleurer ceux qui restaient.

Au moment où la procession allait s'ébranler, le prêtre sortit de l'église, la tête nue, ses longs cheveux partagés sur ses épaules, la croix à la main. Son visage avait une expression de foi presque prophétique ; il s'avança jusqu'à la première charrette :

– Le Seigneur, dit-il, nous a ordonné de prier pour ceux qui voyagent sur la terre et sur la mer. Que sa bénédiction soit sur vous !

La croix d'argent niellé se leva au-dessus des têtes des coupables, et le pardon descendit sur les martyrs.

Bagrianof, les bras croisés, regardait ce spectacle avec un étonnement de plus en plus grand. Son prêtre, son prêtre à lui, nourri de son église, se permettait de parler sans sa permission ! Il donnait la bénédiction avec sa croix à des gens qui avaient voulu l'assassiner ! Mais le monde était donc renversé ! Il se promit de s'expliquer avec ce croquant, frais échappé du séminaire.

Au moment où la charrette s'ébranla, Ilioucha trouva la force de soulever sa tête appesantie :

– Seigneur, cria-t-il, écoute : nous t'avons pardonné, tu nous as trahis ; d'autres feront comme nous, mais ceux-là ne te manqueront pas !

Le village tout entier accompagna les condamnés aussi loin que les jambes purent faire leur service. Les tout petits enfants, confiés à la garde des vieillards, et les infirmes restaient seuls dans les maisons closes ; les chiens, restés sur la place, hurlaient lugubrement. Bagrianof leur jeta quelques pierres et les mit en fuite ; après quoi il se retourna, regardant le presbytère situé en face de l'église ; sur le seuil, le prêtre le contemplait d'un air calme.

Les regards des deux hommes se croisèrent, celui du seigneur sec et dur, celui du prêtre inspiré et presque menaçant dans son indignation sacrée.

Bagrianof fit un pas en avant.

– Vladimir Andréitch, dit-il, qui êtes-vous ?

– Un humble serviteur de Dieu et de son Église, dit le prêtre en laissant tomber la main qu'il avait posée sur le loquet de sa porte.

– Vous êtes en outre le serviteur de mon église, je suppose ?

– En effet, Votre Seigneurie, je sers Dieu dans l'église que vous lui avez consacrée.

– Savez-vous qu'un bon prêtre ne doit s'occuper que des affaires de l'église, et jamais de celles du seigneur ?

– Je le sais, et ne me mêle des affaires de personne.

– Je trouve, moi, que vous vous mêlez trop des miennes. Votre conduite me déplaît, Vladimir Andréitch ; je vous conseille de faire vos réflexions. La cure est bonne, – on meurt pas mal ici, ajouta Bagrianof, – on se marie aussi, on baptise suffisamment... Votre femme est enceinte, je crois ?

Le prêtre fit un signe affirmatif.

– Je pense que vous ferez bien de rester ici ; mais pour cela il faut changer de conduite. Vous avez huit jours pour réfléchir.

Le prêtre s'inclina et rentra chez lui sans répondre. Sa femme, qui le guettait, accourut se jeter à son cou en pleurant... C'était une toute jeune femme de dix-huit ans à peine, blanche et rose, toute frêle, et visiblement fatiguée par sa grossesse avancée.

– Qu'est-ce qu'il t'a dit, ce méchant homme ? dit-elle à son mari en se serrant contre lui, toute craintive.

– Je crois, Marie, qu'il faut nous préparer à partir.

– Partir ! Oh ! mon Dieu ! Et le petit qui n'est pas né ! Et l'hiver qui vient ! Si nous partons, où irons-nous ?

– Je n'en sais rien, ma chérie, à la grâce de Dieu. Il prend soin des petits oiseaux du ciel. Il aura pitié de l'enfant qui va naître.

– Dis, Valodia, il n'y aurait pas moyen de s'arranger avec lui ?... Tu le fâches, tu sais, quand tu vas contre ses volontés... Est-ce que tu ne pourrais pas ?...

Le prêtre mit la main droite sur la tête de la jeune femme, presque enfant encore.

– Le devoir du serviteur de Dieu est celui des autres hommes, Marie, lui dit-il, et de plus il doit réprimer l'iniquité. Ne me parle plus jamais d'une chose semblable ; c'est un péché. Regarde ! ajouta-t-il en conduisant sa femme tout en larmes devant une gravure accrochée au mur, qui représentait la fuite en Égypte : s'il le faut, nous partirons comme eux, et, pas plus que l'enfant-Dieu, notre enfant ne manquera d'abri.

La jeune mère, à demi consolée, appuya sa tête sur l'épaule de son mari, et se laissa bercer par de douces paroles.

Chapitre VI

Bagrianof aurait dû être content ; cependant il ne l'était pas. La manière dont les coupables et les innocents, par-dessus le marché, avaient été punis, ne lui paraissait pas suffisante. C'était bien la peine de les avoir fait frapper de verges et déporter en Sibérie, si la compassion générale s'étendait sur eux, au lieu de s'arrêter sur lui ! Comment ! dans chaque village, les *malheureux*, – comme on nommait alors en Russie les prisonniers, – allaient trouver de l'eau fraîche, du lait, du kvass, du tabac, du thé chaud, quelques sous, que les paysans pleins de pitié leur apporteraient avec empressement ; les soldats allaient tolérer cet abus, de village en village, jusqu'aux confins de la civilisation, – et lui, Bagrianof, serait obligé de supporter les airs de hauteur de quelques misérables fonctionnaires !

Il repassait dans son esprit tous les désagréments que cette affaire lui avait attirés, la remarque désobligeante du général-gouverneur, les rebuffades du *stanovoï*, son isolement à l'auberge, enfin l'attitude insolente du prêtre qui l'avait bravé en public. Chaque fois que son imagination lui représentait le prêtre, le bras levé, bénissant les misérables condamnés, son irritation ne connaissait plus de bornes.

De tous ceux qui l'avaient offensé, c'était le seul qu'il pût châtier ; aussi sa colère se reporta-t-elle sur lui. Depuis qu'il était arrivé au village, cet insolent n'avait-il pas évité la maison seigneuriale en toute occasion ? Lorsqu'il était convié à dire les prières et à bénir le logis, avait-on jamais pu le garder à dîner ? L'ancien prêtre, vieillard soumis, de peu d'intelligence, de moins d'énergie, avait tout accepté les yeux fermés ; le seigneur était le maître, ce qu'il faisait ne regardait pas la cure. Le bonhomme étant mort, on avait envoyé à Bagrianof cet échappé du séminaire, marié depuis un an à peine, ignorant des usages ; – ignorant, était-ce bien le mot ? N'avait-il pas plutôt feint de tout ignorer ? Pouvait on penser qu'il ne sût pas que le prêtre doit être le familier de la maison seigneuriale, heureux d'une invitation, prêt et dispos pour tout ce qui peut plaire au maître, et surtout fait pour prêcher de parole et d'exemple, l'obéissance absolue au seigneur du lieu, représentant de la Providence sur la terre ?

Mais, volontaire ou non, cette ignorance en elle-même était un délit. De plus, au lieu de s'efforcer, par un excès de politesse obséquieuse, de faire oublier ses manquements, ce singulier

Chapitre VI

pasteur se mêlait de plaindre ses ouailles, de les bénir *in extremis*, comme si Dieu pouvait permettre qu'on donnât sa bénédiction à des gens qui avaient voulu tuer leur seigneur !

La certitude de pouvoir se venger de ce prêtre quand il le voudrait lui procura une sorte d'apaisement. Pour mieux jouir de ce plaisir, il résolut de le frapper, – non pas tout de suite, pendant qu'averti par les paroles qu'ils avaient échangées, il était prêt à accepter toutes les éventualités, – mais au moment où l'orage paraîtrait apaisé, où son ressentiment, soigneusement caché, n'aurait plus laissé que le souvenir d'une vague menace. Il écrivit néanmoins sa plainte à l'archevêque, la copia de sa plus belle écriture, la cacheta soigneusement, et la mit dans un tiroir de son bureau, prête à partir à la première inspiration.

Cette affaire réglée, Bagrianof se sentit le cœur plus léger. Restaient encore les paysans qui avaient eu l'audace de s'apitoyer sur les malheureux. Il eut un moment l'idée de faire vendre toutes les jeunes filles en blocs ; – mais il se dit qu'il ne trouverait pas facilement acquéreur.

Restait la grande consolation : le recrutement. Grâce à la loi bienfaisante qui lui permettait de désigner lui-même les soldats que son cœur généreux offrait à la patrie, il pouvait désoler à volonté telle ou telle famille. Cette pensée occupa son esprit pendant deux mois entiers.

Il choisit à loisir, pour le recrutement, une douzaine des plus beaux gars de ses domaines, parmi les familles de ceux qu'il avait fait nourrir, vêtir et loger pour le reste de leurs jours aux frais du gouvernement. – Je dois bien à l'État cette compensation, se disait-il avec un aimable sourire.

Lorsque le dessein de Bagrianof fut connu, la colère du village n'eut plus de bornes. Quoi ! il ne s'était pas contenté de trahir son serment, d'insulter le nom du Christ qu'il avait pris à témoin, de livrer des innocents en même temps que des coupables qui l'avaient pourtant épargné !... Il venait encore frapper les mêmes familles, enlever le fils là où il avait déjà pris le père, le jeune frère vigoureux là où l'aîné était déjà parti ! Il voulait donc la ruine générale, la mort de tous ?

La première fois qu'après la promulgation de son arrêt Bagrianof parut à l'église, il ne put faire autrement que de remarquer l'attitude de ses paysans.

Jusqu'alors, la tête baissée, les yeux fixés à terre, ils s'étaient inclinés profondément devant lui, sans témoigner autre chose qu'une soumission parfaite ; ce jour-là, il rencontra des regards qui avaient l'air de l'interroger. Certains mêmes semblaient le braver.

De sa place, voisine du tabernacle et exhaussée d'une marche, il promena ses regards sur la multitude houleuse qui se signait en suivant les prières, et ses yeux féroces virent d'autres yeux soutenir son regard. Ces yeux n'étaient pas irrités, mais plutôt interrogateurs. – Jusqu'à quand, semblaient-ils dire, te joueras-tu de l'âme humaine ?

– Ils ont besoin d'un exemple, se dit Bagrianof. Ils sentent le mors, ils regimbent. Nous allons leur faire voir qu'ils ne sont pas les plus forts.

Les prières finies, il laissa la foule s'écouler ; parcourant l'église avec lenteur, il alla éteindre çà et là de petits cierges piqués sur les lampadaires suspendus devant les images, il redressa par-ci par-là un cierge un peu incliné, et enfin sortit avec le prêtre, qui avait vainement essayé d'éviter cette rencontre.

Du reste, Bagrianof semblait avoir totalement oublié son mécontentement passé. Les trois mois qui s'étaient écoulés paraissaient avoir déposé entre lui et les anciennes injures une couche de neige aussi épaisse que celle dont le sol était recouvert.

Le seigneur demanda au prêtre des nouvelles de sa femme, très fatiguée et malade ; puis il l'interrogea sur les ornements sacerdotaux, dont quelques-uns commençaient à s'user, et en parlant ainsi tout seul, car le prêtre lui répondait par monosyllabes, il arriva au milieu de la place où les paysans causaient avant de rentrer chez eux.

À son approche, tous se découvrirent. Bagrianof resta un bon moment à les regarder ainsi tête nue, sous le vent du nord qui leur coupait les oreilles.

Le froid était terrible ; les grandes gelées de janvier, celles qu'on nomme les gelées de l'Épiphanie, sévissaient dans toute leur rigueur ; la neige durcie craquait sous le pied ; la fumée blanchâtre s'élevait en tourbillons aussitôt déchiquetés en miettes au-dessus des cabanes de bois noirâtre, – et le seigneur, roulé dans sa chaude pelisse, coiffé de son bonnet de martre zibeline, contemplait sans mot dire les pauvres « âmes » dont la gelée marbrait les joues et les oreilles.

Là aussi il retrouva le regard qui l'avait frappé à l'église : quelques-uns, parmi le bétail découvert devant lui, avaient des yeux humains qui semblaient l'interroger. Il les nota soigneusement dans sa mémoire.

Comme il parcourait de l'œil son troupeau, il vit un jeune homme se détacher d'un groupe en haussant les épaules et en secouant dédaigneusement la main droite ; après avoir fait quelques pas dans la direction de sa maison, le jeune paysan remit son bonnet fourré et continua sa route à grandes enjambées.

– Savéli ! Hé ! Savéli ! cria Bagrianof de sa voix la plus nette.

Le jeune homme continua sans paraître l'entendre.

– Savéli ! répéta Bagrianof d'une voix de tonnerre.

– Qu'ordonnez-vous ? répondit le jeune homme sur le même ton, sans ôter son chapeau.

– Viens ici, dit le seigneur d'un ton doux et bienveillant.

Le jeune homme revint sur ses pas et s'arrêta devant Bagrianof.

– Pourquoi es-tu parti ? lui demanda le maître.

– Parce que j'avais froid ! répondit le jeune indiscipliné.

– On n'a pas froid quand je me prépare à parler ! répliqua Bagrianof d'un ton de pédagogue.

– Vous ne disiez rien, j'ai pensé que vous ne parleriez pas.

– Que je parle ou non, est-ce que par hasard tu n'es pas bon pour attendre ?

– Il paraît que si, répondit le jeune homme, puisque j'attends maintenant.

Les yeux de Bagrianof brillèrent entre ses paupières à demi-fermées.

– Soldat ! fit-il en levant l'index à la hauteur du visage du rebelle.

Savéli leva la tête, le regarda et lui dit :

– Vous ne ferez pas cela.

Pourquoi donc, monsieur Savéli ?

– Parce que c'est une injustice ! Mon père est mort, mon frère aîné est déjà soldat, vous avez envoyé le cadet en Sibérie, – il ne resterait plus que des femmes chez nous ; – c'est une injustice !

– Soldat ! répéta Bagrianof en abaissant son index, qui coupa comme un couteau l'air glacé.

– Écoutez, vous tous, continuait-il en se tournant vers le groupe, où de sourds murmures se faisaient entendre, – ce que je fais de lui, parce qu'il est un insolent et un rebelle, je le ferai de vous tous. Oui, vous partirez tous, jeunes et vieux, si vous osez murmurer. Je n'aurai plus d'âmes dans ce village ; cela vaudra mieux que d'avoir de mauvais paysans. Je fais un exemple de celui-ci : – il indiqua du doigt Savéli, resté muet, le regard hautain, le visage impassible ; – je ferai un exemple de vous tous, et dans toute la Russie on parlera de Bagrianovka comme d'un village où le seigneur a su punir la rébellion.

Cela dit, il se tourna vers le prêtre, qui l'écoutait sans que rien dans son attitude put dénoncer ses pensées secrètes.

– Venez-vous dîner avec nous, mon père ? lui dit-il aimablement.

– Non, Votre Seigneurie, je vous remercie : ma femme est malade et m'attend.

– Ah ! très bien. Quand compte-t-elle accoucher, votre femme ?

– D'un jour à l'autre, Votre Seigneurie.

– Très bien. Tenez-vous en santé. Mes honnêtetés à votre épouse. Au revoir, enfants.

En laissant tomber cette bienveillante parole sur l'assemblée morne et découverte, il se dirigea vers sa demeure, allègre et dispos.

Quand il eut tourné le coin, les paysans mirent leurs bonnets.

– Ah ! frère, dit le *starchina* à Savéli, tu t'es fait une mauvaise affaire.

– Je ne partirai pas ! répondit tranquillement le jeune homme.

– Comment, tu ne partiras pas ?

– Je ne partirai pas ! répondit-il avec le même calme.

En ce moment, une jolie fille de seize ans à peine, une enfant presque, sortit d'une cabane et courut vers le groupe ; d'autres femmes la suivirent, moins vite, et se mêlèrent aux hommes.

– Ne crains rien, Fédotia, dit Savéli à la jolie fille qui le regardait les yeux pleins de larmes ; il m'a menacé de me faire soldat, mais sois tranquille...

Fédotia leva les bras au ciel, puis cacha son visage dans ses deux mains, et se mit à pleurer amèrement, en balançant à droite et à gauche le haut de son corps. Ce balancement, qui est caractéristique des grandes douleurs chez les paysannes russes, avait chez elle une grâce indicible ; son corps jeune et souple ondulait comme un roseau ; ses coudes rapprochés de la poitrine semblaient vouloir la défendre contre la douleur. Savéli passa un bras autour d'elle.

– Ne crains rien, tu es ma fiancée, tu seras ma femme, qu'il le veuille ou non, – et je ne partirai pas ! Le tsar est juste : s'il le faut, j'irai jusqu'au tsar ! Il est notre père, il ne permettra pas qu'on offense ses sujets ; car enfin, vous autres, vous avez beau trembler, le tsar est notre père, peut-être !

– Certainement ! dirent les paysans d'une voix contenue.

– Eh bien ! nous irons jusqu'à lui : il ne nous abandonnera pas ! Ne pleure pas, toi, dit-il à Fédotia, qui s'appuyait contre sa poitrine. Viens chez ma mère. Je te dis que je ne serai pas soldat.

Le groupe se dispersa. Le prêtre regarda les deux fiancés jusqu'au moment où ils disparurent sous la porte basse de la demeure de Savéli, puis il rentra chez lui, le cœur gros. Faudrait-il que sa pauvre femme eût pour surcroît de peine le spectacle d'une révolte au village ?

Chapitre VII

L'isba de Savéli se remplit bientôt. C'était une cabane spacieuse ; les murailles enfumées, fermées de rondins de sapin, étaient garnies de bancs de bois polis par l'usage. Une lampe brûlait devant les images consacrées qui occupaient le coin d'honneur. Assis au-dessous en sa qualité de chef de la famille, Savéli accueillait ses hôtes avec le regard assuré des meilleurs jours : nul ne se fût douté que, par un mot du maître, sa destinée venait de changer du tout au tout.

Les femmes ne partageaient pas son assurance ; elles formaient un groupe éploré autour de Fédotia. Celle-ci, fiancée au jeune homme depuis quelques semaines, était à la veille de son mariage ; il ne fallait plus que la permission du seigneur, et sur ce chapitre Bagrianof se montrait débonnaire. Il aimait les mariages et les nombreuses nichées d'enfants. À la vérité, son domaine n'y gagnait pas grand-chose, car ses paysans étaient si misérables, qu'ils n'élevaient pas jusqu'à l'âge d'homme un enfant sur quatre ; mais le maître n'en contemplait pas moins avec satisfaction chaque nouveau couple qui venait implorer son consentement.

Voici maintenant que tout était changé. Savéli soldat pouvait à la vérité emmener sa femme, – cela n'était pas un obstacle ; les femmes de soldats acceptaient volontiers ce genre de vie, – mais à présent que Savéli l'avait irrité, Bagrianof permettrait-il le mariage ? c'était au moins douteux, et la pauvre fille se désolait, car elle aimait son fiancé de toute la force de son cœur ignorant et naïf.

Le jeune homme n'avait guère souci de ces craintes : son parti était pris, car depuis l'enfance il haïssait Bagrianof. Il n'avait pu se contenir en le voyant humilier ses frères et lui-même à plaisir sous la bise glacée, – mais sa haine et son mépris étaient aussi vieux que lui.

Depuis la mort de son père, et même auparavant, il avait vu le ressentiment du seigneur provoqué par une cause si futile qu'on ne s'en souvenait plus, s'abattre sur sa maison, et frapper un à un les hommes valides.

Dans une de ses courses à la ville, où il allait plusieurs fois par an, acheter quelques menus objets de ménage, il avait rencontré un colporteur, paysan d'un village voisin. Celui-ci, né sur le territoire de la couronne, était beaucoup plus libre d'opinions et d'allures que les serfs appartenant à un particulier. Depuis longtemps déjà, l'État avait laissé une demi-indépendance à ceux qui relevaient directement de ses domaines. Ce paysan avait communiqué ses idées libérales au jeune homme déjà exaspéré par la tyrannie de Bagrianof.

– Quand tu en auras assez, frère, lui dit un jour le colporteur, tu n'as qu'à te sauver, viens me trouver ; je te donnerai asile et ne te trahirai pas.

– Oui, répondit Savéli, et puis le lendemain la police me traquera et l'on me prendra chez toi ; tu seras ruiné et mis en prison pour m'avoir secouru. Vois-tu d'ici le maître remettant la main sur moi ?

Ce serait lui faire trop de plaisir vraiment.

– Non, dit tout bas le colporteur. Mon frère, que j'avais emmené dans un voyage à la foire de Nijni-Novgorod, est mort là-bas. Les autorités ont oublié de me redemander son passeport ; à quoi bon le passeport d'un homme qui est sous terre ? Mais moi, j'ai pensé que cela pouvait servir : j'ai dit chez nous, au village, que nous avions tiré chacun de notre côté... On ne s'inquiète pas de nous autres pauvres diables ; d'ailleurs nous nous étions rachetés tous les deux, il y a quelque temps de cela. Ce passeport, je l'ai toujours. Quand tu voudras, viens le chercher. Je t'aime, toi, tu es un révolté, et je hais les seigneurs.

Savéli avait pris note de cette confidence. Il savait le colporteur homme de parole, bon pour tromper un juif et vendre un prix fabuleux n'importe quelle marchandise avariée à n'importe quel seigneur assez sot pour la payer, incapable de voler de deux sous un paysan de bonne foi. Lorsqu'il avait dit : – Je ne serai pas soldat, – il pensait au colporteur Antoine Philipitch. Mais Fédotia ? devait-elle donc rester à l'attendre jusqu'à ce qu'il plût au ciel de les débarrasser de Bagrianof ?

Cependant Savéli était calme. En faisant déborder son âme pleine jusqu'au bord de colère et de mépris, la dernière injustice lui avait apporté un grand sang-froid. Placé dans une situation inextricable, il regardait autour de lui et pesait toutes les circonstances, pour attribuer à chacune d'elles une juste valeur.

Les hommes du village et surtout les nouveaux conscrits s'étaient réunis autour de lui. On le plaignait beaucoup et on le blâmait davantage.

– Tu n'avais pas besoin de le provoquer ! disait-on. Maintenant que le loup a montré les dents, qui sait qui de nous il va vouloir manger ?

Savéli sentait bien la justesse de ce reproche, mais l'indignation qui l'avait emporté le reprenait au souvenir de la scène du matin.

– Connue vous voudrez, dit-il enfin en se levant : je sais que vous avez raison, mais ça été plus fort que moi. Ce serait à recommencer, que je recommencerais.

En ce moment, le père de Fédotia entra. C'était un homme de haute taille, encore très vert et très vigoureux. Il s'appuyait sur un long bâton de noisetier, plutôt par habitude que par besoin. À son entrée, tous les regards se tournèrent vers lui : il se dirigea vers sa fille.

— Que fais-tu ici ? lui dit-il. Rentre chez nous. Tu ne peux pas être la femme d'un soldat. Je ne laisserai pas partir mon dernier enfant. Dis adieu à Savéli : il n'est plus ton fiancé.

Fédotia leva vers son père ses yeux bleus baignés de larmes, et se prosterna devant lui.

— Ô mon père, lui dit-elle, mon bienfaiteur, ordonne-moi de mourir, mais ne m'ordonne pas d'abandonner Savéli !

Le vieillard allait répondre quand Savéli, fendant le groupe, s'avança et se prosterna à côté d'elle.

— Iéréméï Antipof, dit-il, tu me l'as donnée, ne me la reprends pas. J'ai ta bénédiction, tu ne peux plus me la retirer. Bénis encore une fois tes enfants.

La tête des deux fiancés toucha le sol à trois reprises ; puis ils se relevèrent ensemble, et se tinrent debout devant le père.

— J'ai donné ma fille à un paysan, je ne l'ai pas donnée à un soldat, répondit le vieillard.

— Je ne serai pas soldat, je te le jure devant Dieu et tous les saints ! Donne-moi seulement ta fille.

Le vieillard secoua négativement la tête.

— Eh bien ! reprit Savéli devenu très pâle, attends, pour lui défendre de me parler, que le seigneur m'ait livré. Je te promets de renoncer moi-même à elle, si je suis soldat ; mais, jusque-là, attends, je t'en prie. Vois comme elle pleure !

La pauvre Fédotia pleurait en effet, le visage dans ses deux mains. La longue tresse de ses cheveux épais réunis, suivant la coutume des jeunes filles, en un seul faisceau lié par un large ruban, frémissait sur ses épaules secouées par les sanglots.

— Soit ! dit enfin Iéréméï ; mais si tu es soldat, tu ne l'auras pas.

— C'est entendu ! répondit Savéli. Père, nous te remercions. Et les deux fiancés, se tenant par la main, se prosternèrent de nouveau, cette fois avec une ombre de joie dans leur cœur endolori.

L'altitude de Savéli avait frappé tout le monde.

— Il est bien sûr de son fait ! disait-on.

– Il a peut-être de l'argent pour se racheter !

– Il a peut-être un sortilège ! pensaient tout bas quelques-uns.

Ah ! le sortilège pour faire mourir le maître, qu'ils l'eussent payé cher au sorcier qui eût voulu le leur vendre !

La nuit tomba, les feux s'éteignirent dans les cabanes, les hommes s'étendirent sur les poêles bien chauffés. Le froid est la seule misère que le paysan russe n'ait jamais connue : si malheureux qu'il ait pu être, dans les villages où sévit la famine, là même où l'on a trouvé des infortunés morts de faim dans leurs cabanes, le feu n'a jamais manqué, et le poêle n'a pas cessé de répandre la douceur tiède d'une atmosphère de printemps.

Le village dormait. Savéli ne dormait pas. La tête pleine des choses du jour, il ruminait son projet de voyage, et un autre projet qu'il n'avait communiqué à personne : – celui-ci devint si pressant et prit si bien le dessus sur toutes les autres pensées, que le jeune paysan se leva, mit sa pelisse et son bonnet et sortit à pas de loup. Il arriva bientôt à la maison de Iérémeï, et s'approcha d'une fenêtre peu élevée au-dessus du sol, celle où Fédotia se tenait tout le jour penchée sur la merveilleuse broderie des essuie-mains qu'elle préparait pour son mariage.

Savéli frappa doucement à la vitre. Au second coup, le petit châssis à guillotine se leva sans bruit, et la jolie tête de Fédotia apparut. Elle ne dormait pas non plus ; elle savait bien que personne ne pouvait venir à cette heure, sinon son fiancé, À vrai dire, elle l'attendait.

– Fédotia, dit le jeune homme en se haussant sur la pointe des pieds pour arriver jusqu'aux oreilles de la jeune fille, j'ai quelque chose à te dire.

– Dis-le, mon Savéli.

– Veux-tu partir avec moi ? Je t'épouserai, je le jure devant Dieu qui me jugera ; – le jeune homme fit le signe de la croix ; – mais il faudra peut-être partir avec moi en secret, – la nuit, – pour que je ne sois pas soldat. Dis, veux-tu ?

– Oh ! Savéli, demande-moi tout, mais pas cela ! fit la jeune fille effrayée. Partir ainsi, quitter mon père... Il me refuserait sa bénédiction à son lit de mort, il dirait que je suis une méchante fille... Non, Savéli, demande-moi de mourir pour toi, mais quitter la maison, je ne le peux pas ! je ne le peux pas !... répéta-t-elle avec un sanglot.

– Soit ! répondit le jeune homme sans se troubler. Je pensais bien que tu ne voudrais pas ; c'était un bon moyen pourtant, et je n'en vois pas d'autre.

– Que ferons nous alors ? dit Fédotia, dont le cœur battait d'angoisse. Elle retira vivement la tête et écouta dans la chambre ; – tout le monde dormait à qui mieux mieux. La tête blonde, à peine couverte d'un mouchoir, reparut sous le châssis retenu par sa main.

– Je ne sais pas, répondit Savéli en hochant la tête ; mais je trouverai un moyen.

– Et si l'on demandait grâce au seigneur ? dit timidement Fédotia.

– C'est ça qui serait une peine perdue ! fit dédaigneusement Savéli ; sois tranquille, il n'a jamais fait grâce à personne. Il faudrait un miracle. Je trouverai autre chose. Bonsoir. Donne-moi un baiser.

La jeune fille avança la tête en dehors, se pencha un peu, et les lèvres des fiancés se rencontrèrent.

– Bonne nuit, répéta Savéli, et il se dirigea vers son isba.

Fédotia le regarda s'éloigner. Sa mâle stature, sa démarche assurée se dessinaient sur la blancheur de la neige. La pauvre fillette sentait son cœur déborder de tendresse pour le bien-aimé si près de lui être ravi.

– Un miracle ! se répétait-elle en se recouchant sur le banc de bois, toute frissonnante. Il a dit qu'il faudrait un miracle... Ô sauveur des malheureux, ô mère de Dieu, protégez-moi, inspirez-moi ! Un miracle ! Et si Dieu voulait le faire !

Elle s'endormit. Son sommeil agité, qui ressemblait à la veille, lui fit passer devant les yeux cent visions diverses. Vers le matin, il lui sembla entendre une voix qui murmurait à son oreille : – Va trouver Bagrianof.

Elle s'éveilla en sursaut et regarda autour d'elle. Tout dormait ; la lampe des images pétillait faiblement. Elle se leva et alla se prosterner devant la Vierge. Elle resta ainsi longtemps. Son cœur, mû par un désir invincible, lui répétait : – Va chez Bagrianof.

– C'est une voix du ciel, se dit-elle enfin ; ce serait un péché d'y résister. J'irai demander sa grâce au terrible seigneur... Je n'en dirai rien à personne, ils m'en empêcheraient. Et s'il me refuse ? pensat-elle soudain. – S'il me refuse, ce sera tout juste comme hier, se dit-elle par manière de consolation ; Savéli trouvera quelque chose, puisqu'il l'a promis.

À moitié rassurée par cette grande résolution, elle s'endormit si bien que son père fut obligé de la réveiller au grand jour pour aller chercher l'eau du matin.

Chapitre VIII

La grande rivière glacée était recouverte de neige : les rives, peu élevées, à peine garnies de maigres buissons, disparaissaient aussi sous le blanc suaire. Le chemin de halage se confondait avec la glace. La prise d'eau pour les besoins domestiques était aussi éloignée que les puits du village voisin ; mais l'hiver on aimait mieux venir à la rivière par la route battue que de frayer à tout moment des chemins nouveaux dans la neige toujours plus épaisse.

Lorsque Fédotia, portant sur l'épaule l'arc de bois qui supportait les deux seaux en équilibre, arriva au bord de l'eau, elle vit les paysans occupés à couper au pic de larges blocs de glace.

– Que faites-vous là ? demanda-t-elle, étonnée.

– Le seigneur a tant mangé de glaces l'année dernière que sa glacière est vide, répondit un paysan d'un ton bourru, et nous sommes de corvée aujourd'hui par ce froid. Voilà ! – Il asséna dans la glace épaisse un coup de pic capable d'assommer un bœuf.

Fédotia, rêveuse, regardait un gros bloc semblable à du cristal, que deux paysans faisaient glisser sur une claie. Un coup de fouet fit partir le cheval qui, d'un vigoureux élan, prit le chemin de la demeure seigneuriale.

À la place que le bloc avait occupée, l'eau bleue remplissait le petit bassin.

Le soleil faisait briller les paillettes de givre sur la rive opposée, qu'il éclairait obliquement.

– Il fait beau ! dit involontairement Fédotia.

Son cœur était plein d'espérance : par un si beau soleil, par un ciel si bleu, était-il possible qu'elle ne vît pas exaucer sa prière !

– Beau ? oui, pour se tenir à la maison. Rentre, ma jolie fille, dit le plus vieux paysan en achevant de détacher un nouveau bloc qui nagea bientôt au milieu du bassin agrandi. Rentre, sans quoi Savéli se plaindra de la gelée qui a mangé les joues de sa fiancée.

Le paysan sourit à Fédotia en clignant de l'œil. Elle était la joie et l'orgueil du village ; toute petite, sa grâce et sa gentillesse l'avaient fait chérir partout ; en grandissant, sa beauté l'avait rendue précieuse comme une perle rare. Les chiens féroces la suivaient, heureux de pouvoir poser leur nez mouillé dans ses petites mains brunes. Elle était la gaieté et le rayon de soleil de ce malheureux coin de terre.

La jeune fille rougit, se hâta de puiser de l'eau, et se mit en route d'un pas cadencé, qui faisait à peine jaillir sur le sol quelques gouttes d'eau des seilles pleines jusqu'au bord. Elle allait vite, sentant à peine son fardeau.

En passant le long de la haie du jardin, elle aperçut Bagrianof qui prenait l'air avant de déjeuner pour se donner de l'appétit. Cette rencontre lui parut de bon augure : au lieu de ralentir le pas pour attendre qu'il fût hors de vue, elle continua sa marche gracieuse et pressée, le corps légèrement penché en avant sous le fardeau, la hanche un peu cambrée pour soutenir les reins fléchissants. La lourde camisole ouatée qui l'empaquetait ne pouvait déguiser la grâce extrême de ce corps presque enfantin, et souple comme un liseron des champs.

Au bruit de ses pas sur la neige durcie, Bagrianof se retourna. En passant devant lui elle le salua d'une inclinaison de tête.

– Bonjour, seigneur, dit-elle de sa voix mélodieuse.

Et elle continua sa route, étonnée de sa propre audace ; mais ne fallait-il pas se rendre propice le maître dont tout dépendait ? Bagrianof la suivit des yeux le long de la haie du jardin.

– La voilà grandelette, se dit-il à lui-même. C'est une jolie fille.

La matinée parut longue à Fédotia. La rencontre du seigneur terminait pour elle une série de présages heureux ; il lui tardait d'accomplir le projet qu'elle avait formé pendant la nuit. Enfin le repas de midi terminé, la poterie et les cuillers de bois soigneusement lavées et remises en place, le vieux Iéréméï sortit, et la fillette se trouva libre. Elle retira aussitôt d'une petite boîte son peigne et son mouchoir des dimanches ; elle lissa soigneusement ses cheveux, noua son mouchoir sous son menton, croisa sa camisole ouatée sur sa poitrine, mit des souliers à la place des brodequins de tille qu'elle portait habituellement, et sortit, le cœur palpitant comme un oiseau qui vient de prendre sa volée.

– Où vas-tu, Fédotia ? lui cria la première paysanne qui la vit passer. Ton Savéli n'est pas par là, il est à l'autre bout du village, chez Procofi, où l'on prépare le lin.

– Je ne cherche pas Savéli, répondit la jeune fille.

– Où vas-tu donc si pimpante ?

– À mes affaires ! dit triomphalement Fédotia ; et elle se mit à courir pour revenir plus vite.

En entrant dans la cour de la maison seigneuriale, elle eut peur. Les chiens vinrent rôder autour d'elle ; la grande enfant eut presque envie de s'en retourner... ; mais un domestique qui l'avait aperçue l'attendait sur le seuil de la cuisine : elle n'osa pas reculer.

– Peut-on voir le maître ? dit-elle au domestique en s'approchant.

C'était un vieillard à l'air chagrin. Né dans la domesticité de la famille, il s'était endurci à bien des choses, et pourtant le joug de Bagrianof lui semblait lourd. – Le défunt seigneur n'était pas bon, disait-il parfois à ses confrères d'infortune, mais il valait mieux que son fils. Je ne connais rien d'aussi méchant que lui, ajoutait-il avec un soupir ; il est plus mauvais que le démon !

À la demande de la jeune fille, le vieux Timothée hocha tristement la tête. Bien des jeunes filles étaient venues à la maison seigneuriale, mais jamais sans y avoir été mandées : celle-ci se présentait seule ! Les temps changeaient donc ? La pudeur des jeunes filles allait elle aussi disparaître ?...

– Oui, répondit-il, tu peux entrer.

– Mais il faut le prévenir !

– À quoi bon ? Les filles peuvent toujours entrer chez nous. La porte à droite, dans l'antichambre : c'est son cabinet. Va, ma belle.

Fédotia, interdite, regardait le vieux valet de ses yeux bleus tout grands ouverts. L'ingénuité de ses seize ans faisait une question si nette et si embarrassante que Timothée revint instantanément de son erreur.

– Qu'est-ce que tu lui veux, au maître ? dit-il d'un ton radouci.

– Je veux lui demander la grâce de Savéli, qu'il veut faire soldat ; c'est mon fiancé : nous nous marions à Pâques, avec la permission du seigneur.

– Et tu veux demander sa grâce ? Retourne chez toi, ma colombe, va-t-en vite... Va ! n'entre pas là-dedans...

– C'est la voix de Dieu qui me l'a ordonné, dit Fédotia tremblante et retenant à peine les larmes dans ses yeux innocents. Cette nuit, mon ange m'a parlé et m'a dit : « Va trouver Bagrianof. » Je me suis mise à genoux et j'ai prié les saints, et j'ai entendu la même voix. Que la sainte Vierge me soit en aide !

La fillette fit le signe de la croix et regarda le domestique avec assurance. Celui-ci se sentit ému jusqu'au fond de son vieux cœur bronzé.

– Va-t-en, ma fille, ton ange gardien ne sera pas content de te voir entrer ici, dit-il en lui mettant doucement la main sur l'épaule. Savéli sait-il que tu veux voir le maître ?

– Non.

– Eh bien ! va lui demander conseil, et s'il te permet de le faire, je te laisserai entrer. Va !

Sa main calleuse poussa doucement la jeune fille du côté du village.

Le cœur gros, les yeux débordant de larmes, Fédotia fit deux pas, puis se retourna indécise du côté de cette maison où la grâce de Savéli était peut-être, où il ne tenait qu'à elle d'essayer de l'obtenir. En ce moment Bagrianof lui-même parut à la fenêtre de son cabinet ; il lui faisait signe de la main d'approcher.

– Le seigneur m'appelle, dit-elle avec un élan de joie au vieux domestique : je vais lui parler.

Elle passa en courant devant lui ; ses pieds touchaient à peine la terre. Elle franchit en deux bonds les six marches du perron et entra dans la maison. Timothée fit avec la main ce geste russe qui exprime à la fois ou tour à tour le découragement, la lassitude, l'insouciance, et rentra dans la cuisine, tout morose.

– Une si jolie fille, grommelait-il entre ses dents, et si jeune ! C'est si bête !

Arrivée dans le vestibule, Fédotia resta interdite. Le parquet ciré, une panoplie avec armes accrochée au mur, une grande glace qui la réfléchissait tout entière et lui donnait l'illusion d'une autre personne placée devant elle à la regarder, – tous ces objets et cet aspect nouveau lui inspiraient une sorte de terreur. Elle avait déjà la main sur le bouton de la porte, prête à s'enfuir, lorsque Bagrianof passa la tête hors de son cabinet.

– Eh bien ! dit-il, où vas-tu ? Entre donc !

Il ouvrit la porte toute grande.

– Tu me voulais quelque chose ? Que demandais-tu à Timothée ?

– Je lui demandais si l'on peut vous parler !

– Tu vois qu'en effet on peut me parler, répondit Bagrianof en souriant. Et que t'a-t-il répondu ?

– Il m'a répondu... que je ferais mieux de retourner chez nous.

– L'imbécile ! dit Bagrianof en continuant à sourire. Et qu'est-ce que tu me voulais ?

– Je voulais... Ô maître, accordez-moi la grâce de Savéli, et je vous bénirai jusqu'au dernier jour de ma vie ! s'écria Fédotia, fondant en larmes. Et se précipitant aux pieds de Bagrianof, elle toucha trois fois la terre du front.

– Savéli ? L'insolent qui m'a répondu hier, devant le village, avec tant d'insolence ?

– Oui, maître ; il ne le fera plus ! s'écria Fédotia en pleurant à chaudes larmes. Pardonnez-lui ! ne le faites pas soldat, ne l'envoyez pas au loin ; je mourrai, maître ! Vous ne voulez pas la mort d'une pauvre fille ?

– Tu l'aimes donc bien ? demanda Bagrianof.

– C'est mon fiancé. Nous voulions obtenir de vous de nous marier à Pâques. Permettez-nous, seigneur, de nous marier, et faites grâce à Savéli !...

– C'est lui qui t'a envoyée ? demanda Bagrianof sans rire.

– Non, maître. Il ne sait pas que je suis venue.

– Ah, c'est plus intéressant ; mais, dis-moi, pourquoi veux-tu que je lui pardonne, à ton fiancé ? Je n'ai pas de raisons pour l'aimer, moi !

Fédotia ne put trouver de réponse. Elle chercha un instant, puis, faute de mieux, elle revint à sa première idée.

– Nous vous bénirons jusqu'au dernier jour de notre vie ! répéta-t-elle, le gosier plein de larmes.

– Je veux bien lui pardonner, moi, dit Bagrianof, qui ne la quittait pas des yeux ; mais il fait froid pour causer. Viens par ici.

Il la fit passer devant lui dans son cabinet. C'était une vaste pièce éclairée par deux fenêtres donnant sur la pelouse. Les meubles de vieil acajou étaient recouverts de cuir vert foncé. Un large divan occupait un angle de la pièce. Le bureau était couvert de journaux ; Bagrianof lisait beaucoup et se piquait de libéralisme en ce qui concernait le destin des empires. Il ferma la porte. Fédotia, troublée, se tenait debout au milieu de la pièce.

– Écoute, lui dit-il en prenant ses deux mains, tu tiens beaucoup à la grâce de ton Savéli ?

– Oui, seigneur, plus qu'à tout au monde.

– Eh bien, tu l'auras.

Fédotia, éperdue de joie, se jeta aux pieds de Bagrianof, riant, pleurant, baisant ses vêtements.

– Ne baise pas mes pieds, continua Bagrianof, c'est du bien perdu. Ton Savéli ne sera pas soldat, mais tu vas me dire merci.

– Que le Seigneur vous comble de bénédictions, commença la jeune fille, prête à défiler le long chapelet de bénédictions dont les paysans russes ne sont pas avares.

– Ce n'est pas ainsi que je l'entends. Allons, sois gentille, ne fais pas de bruit, hein ?

Il la saisit par la taille et l'enleva. En perdant pieds, Fédotia poussa un cri perçant.

– Si tu cries, je te mets dehors, et Savéli ira en Sibérie ! gronda le seigneur. Pas un mot, tu m'entends !

Fédotia ne dit plus rien.

Chapitre IX

Lorsqu'elle sortit du cabinet de Bagrianof, aussi blanche que la neige du dehors, elle marchait d'un pas automatique.

– Attends, lui dit Bagrianof qui la reconduisait, je vais te donner un mouchoir.

Chapitre IX

Il en prit un dans l'armoire, le déplia et le posa sur le bras de la jeune paysanne, toujours muette.

– Adieu, Fédotia ! fit-il avec un geste de la main, et il rentra dans son cabinet.

La jeune fille, se voyant seule, frémit de la tête aux pieds. Machinalement elle ouvrit la porte, sortit, le mouchoir déplié toujours sur son bras, et prit le chemin du village, toujours absorbée dans une seule pensée. Comme elle arrivait au carrefour, elle rencontra un groupe de jeunes gens qui sortaient de l'isba où l'on avait préparé le lin. Jusque-là elle n'avait rien vu, marchant la tête baissée, les mains jointes ; tout à coup elle leva la tête, et elle aperçut son fiancé qui fixait les yeux sur le mouchoir pendant à son bras. Elle poussa un cri et recula de quelques pas en étendant les deux mains comme pour se défendre.

– Qui t'a donné cela ? fit Savéli d'une voix tonnante ; et il avança la main.

– Ne me touche pas, ne me touche pas ! s'écria-t-elle d'une voix désespérée en reculant encore.

– D'où viens-tu ? cria le jeune homme, fou de douleur et de rage.

Fédotia le regarda bien en face ; les yeux du jeune homme étaient étincelants de colère. Elle prit en courant le chemin de la rivière. Les jeunes gens, Savéli en tête, se lancèrent à sa poursuite.

– Fédotia... Fédotia... cria deux ou trois fois Savéli ; mais sa voix étouffée par l'ardeur de la course, n'arriva peut-être pas aux oreilles de la jeune fille. Elle continuait à courir, si légère que ses pieds ne laissaient pas d'empreintes sur le chemin ; – elle descendit comme une flèche la rampe de la rivière, et sauta dans le petit bassin qu'elle avait regardé le matin. Savéli arriva juste à temps pour frôler le pan de sa robe. Le mouchoir bariolé était resté au bord du trou béant.

Sans hésiter, le jeune homme jeta sa pelisse fourrée et ses lourdes bottes, et sauta dans le bassin. Il plongea sous la glace et reparut un instant, reprit haleine et plongea de nouveau. Ses camarades le croyaient perdu, lorsqu'ils le virent reparaître, violet, défait, mais vivant. Ils le tirèrent sur la glace, et avec lui Fédotia, qu'il tenait serrée ; mais les yeux rouges de larmes ne devaient plus pleurer, les joues marbrées ne devaient plus pâlir sous l'outrage.

Savéli, bientôt ranimé, voulut la porter jusqu'à sa demeure. Le funèbre cortège, grossi en chemin par les paysans, arriva à la cabane de Iérémeï.

– Père, dit Savéli en la déposant sur la table, voilà ta fille. Ce n'est pas ma faute ! Je n'ai pas pu la défendre ; mais je te jure de la venger.

Chapitre X

Le village fut bientôt en rumeur. Iérémeï, les yeux secs, le visage farouche, regardait sa fille sans mot dire ; les matrones accourues s'empressaient autour de Fédotia ; on essaya de la ranimer en lui frappant dans les mains ; – les efforts furent de courte durée, car elle était bien morte et déjà roidie. Les hommes sortirent de la cabane pour laisser les ensevelisseuses procéder à leur pieux devoir.

Pas un mot ne fut prononcé au dehors. De tous côtés, les jeunes gens, les enfants accourus se groupèrent autour de Iérémeï ; au centre de cette foule muette, le père morne, assis sur le banc de bois qui fait le tour de la maison, le bonnet de fourrure enfoncé sur les yeux, les mains pendantes, semblait absorbé par des pensées de vengeance.

Quelques jeunes gens avaient emmené Savéli pour lui faire changer ses vêtements gelés. Le vieillard le chercha un moment du regard ; on lui expliquait le motif de l'absence du jeune homme. Iérémeï, d'un signe de tête, indiqua qu'il avait compris, et retomba dans son immobilité.

Le temps s'était couvert, et la nuit descendait rapidement ; quelques feux s'allumaient çà et là dans les cabanes ; une vieille femme parut au haut de l'escalier et convia les hommes à rentrer. Le père entra le premier. Un à un, la tête découverte, tous passèrent en courbant le front pour ne pas se heurter à la poutre qui formait le dessus de la porte.

Fédotia, revêtue de ses plus beaux habits, était couchée sur la table de sapin au milieu de la cabane, les pieds à l'orient, pour que la face fût tournée du côté où le soleil se lève, où les Rois Mages ont vu l'étoile les conduire. Ses cheveux ne flottaient plus sur ses épaules, suivant la coutume des vierges ; les matrones les avaient cachés sous un mouchoir soigneusement noué autour de la tête. Les mains avaient été jointes, non sans peine ; on les avait attachées avec un ruban, et une petite image était posée dessus. Le sol et la table étaient jonchés de branches de sapin coupées en hâte par les enfants dans la forêt voisine. La lampe des images jetait sur tout cela sa clarté tremblotante.

Iérémeï contempla sa fille ; ses paupières rouges battirent deux ou trois fois, mais ses yeux taris ne laissèrent pas couler une larme.

– Le prêtre !... dit-il.

On s'entre-regarda. Le prêtre va chez les seigneurs dire les prières des morts ; mais les paysans ne réclament guère cet office, qu'il faut payer.

– Allez chercher le prêtre !... répéta Iérémeï.

On ne bougeait pas. Il jeta un coup d'œil sur l'assemblée :

– J'y vais moi-même, dit-il.

Il prit son bâton et sortit.

La nuit était tombée. Le ciel, bas et gris, promettait une tempête de neige. Le vent soufflait par rafales.

Le vieillard se dirigea d'un pas ferme, en faisant de grandes enjambées, vers la demeure du prêtre, où brillait une fenêtre éclairée.

Sur la porte, il rencontra Savéli qui allait entrer.

– Que viens-tu chercher ici ? demanda le vieillard.

– Les prières pour la martyre qui repose, répondit Savéli.

Le vieillard tourna le bouton de la porte et entra sans répondre.

Le prêtre était assis au chevet de sa femme endormie. Une petite face rouge et ridée dormait dans le berceau, auprès du lit. La servante, effarée, entra sur la pointe du pied.

– Mon père, dit-elle, voici des paysans qui veulent vous parler.

– Qu'est-ce qu'il y a ? répondit Vladimir Alexiévitch en tournant vers la porte son visage fatigué, pâle encore de l'angoisse de la journée.

– Il y a un malheur dans le village, dit la servante.

– Plus bas ! fit le prêtre en se levant.

Sa haute taille, courbée par la lassitude, se redressa péniblement.

– Reste ici, près de l'enfant : tâche qu'il ne dérange pas sa mère. Où sont-ils ?

– Dans l'antichambre.

Le prêtre sortit et fit entrer les paysans dans la salle à manger, pauvrement meublée d'un buffet, d'une table en bois blanc et de quelques chaises de paille. En reconnaissant Savéli, il eut un pressentiment de la vérité. Les craintes et les fatigues de la journée précédente l'avaient cependant tenu à l'écart de ce qui s'était passé au village, – mais certains malheurs semblent flotter dans l'air sans qu'on ne sache pourquoi.

– Que voulez-vous ? dit-il.

– Nous voulons tes prières, dit Iéréméï. Ma fille est morte, elle est à la maison ; un péché est sur son âme : tes prières l'ôteront.

– Fédotia ?

– Oui, Fédotia.

– Quel péché peut-elle avoir commis avant de mourir, ta colombe ? dit le prêtre, devinant vaguement la réponse qui allait suivre.

– Elle s'est tuée !...

Iéréméï regarda le prêtre en face :

– Tu ne vas peut-être pas lui refuser tes prières parce qu'elle s'est tuée ? Tu es prêtre, mais tu n'es pas méchant : tu ne laisseras pas le péché sur son âme ? Eh ?

En prononçant ces paroles, Iéréméï regardait le prêtre avec colère. Son bâton tremblait dans sa main, – non de faiblesse, mais de fureur.

– Pourquoi et comment s'est-elle tuée ? demanda le prêtre sans répondre directement.

– Je ne sais pas. Je sais qu'on me l'a rapportée morte et qu'elle s'est tuée. Si tu veux le savoir, demande-le à celui-ci, – il te le dira.

Savéli approcha d'un pas. La lumière de la mauvaise chandelle éclairait son visage contracté et subitement amaigri.

– Je sortais de chez Procofi, où nous avions préparé le lin ; j'étais avec les autres. – Il nomma les paysans qui l'accompagnaient. – Au carrefour, voilà que je vois venir Fédotia sur la route de la maison seigneuriale. Elle marchait comme en dormant, les yeux bien ouverts, sans avoir l'air de rien voir. Tout à coup je m'aperçus qu'elle avait sur son bras un mouchoir bariolé... vous savez, les mouchoirs que Bagrianof donne aux filles... Je sentis un coup comme si un bœuf m'avait renversé ; je dis : – Qu'est-ce que cela ? – Fédotia poussa un cri, elle recula comme si elle avait peur, et me dit deux fois : – Ne me touche pas ! – Alors moi je criai : – D'où viens-tu ? – Elle ne me répondit pas et se mit à courir vers la rivière. Nous l'avons tous suivie sans pouvoir la rattraper, elle a sauté, j'ai sauté après elle, et je l'ai rapportée, mais trop tard. Voilà !

– Qu'est-ce que tu penses de cela ? dit le prêtre après un silence.

– Je pense qu'elle sera allée demander ma grâce à Bagrianof, pauvre innocente ! Et lui, content de tenir la brebis, il l'a mangée, comme un loup qu'il est.

– Eh bien ! père, que décides-tu ? grommela Iéréméï en frappant le plancher de son bâton ; il me faut des prières !

– Ma femme est accouchée ce matin, mais cela ne fait rien, je vais avec vous. Allez devant, je vous rejoint. Je ne prendrai que le temps de passer à l'église.

Les deux paysans sortirent. Au bout de quelques instants, Iéréméï s'arrêta :

– Est-ce toi qui lui avais conseillé d'aller chez le seigneur ? dit-il d'une voix sourde.

– Non, père ! Devant Dieu, ce n'est pas moi ! Elle m'en avait parlé, et je lui avais répondu que jamais Bagrianof ne pardonnait. J'ai même dit que ce serait un miracle s'il pardonnait à quelqu'un.

– Voilà le miracle : je n'ai plus d'enfant ! gronda le vieillard qui se remit en marche. Un moment après, il ajouta :

– C'est heureux pour toi que tu ne l'aies pas envoyée, car je t'aurais cassé les os avant de les lui casser, à lui !

Le prêtre entra dans la cabane peu d'instants après ceux qui étaient venus le chercher. Il remit au premier venu l'encensoir et l'encens, qui servent aux prières funèbres, et revêtit l'étole.

Il n'avait pas voulu emmener le diacre, jugeant inutile de l'entraîner dans la disgrâce qui suivrait probablement l'accomplissement de ce devoir.

L'encens fuma bientôt sur les charbons allumées, et le prêtre commença les prières. Sa voix grave et mélodieuse scandait lentement les versets lugubres ; le paysan qui tenait l'encensoir disait les répons, connus de tous dans cette langue slavonne, aussi rapprochée du russe que le français du quinzième siècle l'est du français moderne.

En prononçant les paroles sacrées qui mentionnent l'autre vie et l'accueil qui attend les croyants par-delà le tombeau, la voix du prêtre s'éleva plus pure et plus sonore ; ses yeux levés au ciel voyaient, au-delà du plafond bas traversé par les poutres noircies, le grand ciel bleu sombre parsemé d'étoiles, où l'âme blanche de la martyre s'élevait doucement vers le Sauveur des malheureux. D'une main pieuse il offrit l'encens au cadavre, puis, les prières terminées, il replia l'étole, reprit l'encensoir, noua le tout dans un mouchoir, remit sa pelisse et voulut partir.

– Merci, mon père, lui dit Iéréméi en lui baisant la main.

– Merci, mon père, dit Savéli en s'approchant aussi ; quand l'enterrerez-vous ?

– Quand vous voudrez, mes enfants.

– Vous n'avez pas peur ?

Le prêtre jeta un regard sur la jeune morte, sur l'assemblée où la lueur vacillante des cierges laissait apercevoir confusément de nombreux visages tournés vers lui.

– Non, dit-il d'une voix calme, le serviteur de Dieu ne craint ni les pièges du méchant ni les embûches du démon.

– L'enterrerez-vous après-demain matin avec une messe ? Nous payerons ce qu'il faudra.

– Je n'ai pas besoin d'argent, répondit le prêtre, qui pensa cependant à part lui combien sa pauvre maison était dénuée de tout, et quel besoin avait la jeune mère de choses fortifiantes : il sera fait comme vous le désirez.

Les paysans se dispersèrent lentement et regagnèrent leurs masures.

Le lendemain, pendant toute la matinée, les paysannes se succédèrent au logis de Vladimir Alexiévitch. Malgré leur pauvreté, elles avaient trouvé moyen d'apporter, qui des œufs frais, une poule, un peu de miel de l'automne précédent, qui une brassée de laine, un morceau de toile, les plus pauvres une jatte de lait.

Le village remerciait ainsi celui qui venait de risquer ses moyens d'existence pour la justice et le bon droit.

Chapitre X

Le surlendemain, vers dix heures, Bagrianof prenait paisiblement son thé en lisant les journaux de la semaine, lorsque le premier coup de cloche lui fit lever la tête. Sa femme pâlit sous le regard de son seigneur et maître. Elle savait ce qui s'était passé, et, depuis la veille, elle tremblait en pensant à ce moment redoutable. Elle fit un signe, et la petite fille disparut sans bruit.

Plus forte en sentant l'enfant à l'abri, madame Bagrianof attendit la question qui ne pouvait manquer. La cloche continuait à tinter pour la messe.

– Est-ce fête aujourd'hui ? dit Bagrianof. Quelle date avons-nous ?

– Le vingt-deux, répondit-elle. Ce n'est pas fête, Daniel Loukitch.

– Alors, pourquoi dit-on la messe ?

– C'est un enterrement, balbutia la pauvre créature, tremblante d'angoisse.

– Le bienheureux trépassé se fait dire la messe ? grand bien lui fasse ! Ils ne sont pas si pauvres qu'ils veulent bien le dire, mes bons serfs, puisqu'ils se payent des messes ! Laquelle de mes âmes est partie pour le céleste séjour ?

– Ce n'est pas une âme, Daniel Loukitch, répondit madame Bagrianof, c'est une jeune fille.

On appelait alors *âmes*, en Russie, les hommes seulement. Les femmes, ne payant pas de redevance personnelle, n'étaient pas comptées dans la population.

– Une jeune fille ? fit Bagrianof d'un air mécontent.

Il n'aimait pas à voir mourir les jeunes filles : c'était autant de perdu, puisqu'elles pouvaient se marier et donner de beaux enfants, qui deviendraient des *âmes*.

– Laquelle ? ajouta-t-il par habitude de propriétaire.

Madame Bagrianof rassembla toutes ses forces :

– Fédotia Iérémeïeva, dit-elle.

Bagrianof posa son journal sur la table et regarda sa femme.

– Vous êtes folle, lui dit-il posément. Cette fille, qui se portait bien avant-hier, on l'enterrerait aujourd'hui ?... De quoi est-elle morte ?

Madame Bagrianof ne répondit pas. Il agita violemment la sonnette, et le domestique, Timothée, entra sur la pointe du pied. La cloche tintait toujours, seulement le glas avait remplacé la sonnerie de la messe. Le cercueil devait être en vue de l'église.

– Qui enterre-t-on ? demanda Bagrianof d'une voix sèche.

– Fédotia Iérémeïeva, Votre Honneur, répondit le vieux domestique.

– Celle fille qui était ici avant-hier.

– La même, Votre Honneur.

– De quoi est elle morte.

Madame Bagrianof et Timothée s'entre-regardèrent.

– De quoi est-elle morte ? répéta Bagrianof avec un pli des lèvres, précurseur de l'orage.

– Elle s'est noyée, Votre Honneur.

– Par accident ?

Personne ne répondit.

– Exprès ?

Le silence se fit une seconde fois. Le balancier de l'horloge donnait un petit coup sec à chaque mouvement ; au dehors, le glas tintait toujours. Timothée leva la tête et regarda son maître.

– Exprès, Votre Honneur, répondit-il.

Bagrianof se leva et fit quelques pas ; sa femme s'était levée aussi, hésitante et glacée de terreur ; il la rassit sur son fauteuil, d'un geste violent.

– Tenez-vous donc tranquille, dit-il, vous partez à tout moment comme un diable à ressort.

Madame Bagrianof ne bougea plus.

– La sotte ! murmura le seigneur entre ses dents serrées.

La cloche de l'église se tut : le corps était entré dans l'église.

Bagrianof fit encore deux ou trois tours dans l'appartement.

– Qu'est-ce qu'on dit dans le village ? demanda-t-il au vieux domestique.

– Je ne sais pas, Votre Honneur, je ne vais jamais au village.

– Eh bien, vas-y ! dit le seigneur en se rasseyant. Donnez-moi un verre de thé, ma chère, dit-il à sa femme. Bien chaud et bien sucré, s'il vous plaît.

Timothée sortit de la cour seigneuriale, les yeux fixés à terre, suivant machinalement la route où il lui semblait voir Fédotia

Chapitre X

marcher devant lui, le mouchoir déplié flottant sur le bras. Il arriva sur la place ; toutes les maisons étaient vides. Quelques petits enfants, laissés seuls, se mirent à geindre dans leur berceau quand il entrouvrit les portes. Il s'arrêta et réfléchit. Retourner à la maison sans nouvelles, c'était courir un gros risque. Entrer dans l'église était peut-être plus dangereux encore. Qui sait si la population affolée n'allait pas le mettre en morceaux, faute de meilleur gibier !

Il s'arrêta à un moyen terme. Pénétrant à peine sous le parvis, il s'adressa à une vieille femme qui priait activement, faisant de grandes inclinaisons jusqu'à mi-corps et des signes de croix à tour de bras.

– Qu'est-ce qu'on dit dans le village, ma bonne ? lui demanda-t-il.

Elle le regarda de travers.

– On dit que c'est grand-pitié qu'une si jolie fille soit morte si jeune. Voilà.

Et elle reprit son oraison. Timothée, satisfait, retourna à la maison et répéta fidèlement ce qu'il avait entendu. Bagrianof, faute de mieux, fit mine de s'en contenter. Il s'enferma bientôt dans son cabinet, attendant le glas qui ne pouvait manquer de recommencer d'une minute à l'autre.

Ce n'était pas le remords qui le poursuivait pendant qu'il arpentait le parquet d'un pas régulier comme le balancier lui-même. À quel propos le remords serait-il venu se loger sous le crâne de ce haut et puissant seigneur ? Le remords de quoi ? D'avoir agi une fois de plus comme il avait agi tant de fois ? Est-ce que les autres s'étaient noyées ? N'étaient-elles pas, à l'heure qu'il est, mariées et mères de gros gars au ventre proéminent, aux cheveux de lin tombant sur la face ; gars dont plusieurs étaient ses fils, sans contredit ? mais il n'avait jamais su lesquels, faute de prendre des informations. Pourquoi cette sotte n'avait-elle pas fait comme les autres ? Elle avait le mari sous la main... Qui pouvait se douter qu'au lieu de se marier honnêtement comme tout le monde, elle allait se noyer *exprès* ! Il lui en voulait de cela, et si elle eût été encore vivante, il l'aurait punie de la bonne manière... Mais elle échappait à sa vengeance !

Le glas recommença de sonner. Le corps sortait de l'église pour se rendre au cimetière.

Comment se faisait-il qu'on ne lui eût pas parlé de cet événement ? C'était intéressant pour lui, au bout du compte ! On le lui avait caché, pourquoi ? Avait-on cru qu'il lui serait désagréable d'apprendre que cette fille s'était noyée ? Mais en quoi cela pouvait-il lui être désagréable ? Est-ce que c'était sa faute ? Est-ce qu'ils auraient l'aplomb de dire que c'était sa faute ? C'est là ce qu'il faudrait voir, par exemple !

Bagrianof s'arrêta devant la porte comme pour sortir. La grosse cloche tintait toujours à coups lents et égaux, – les petites cloches sonnaient de temps en temps ensemble avec un bruit de sanglots... Bagrianof tourna le dos à la porte et se remit à marcher.

Sa faute ? En quoi sa faute ? Pas pour celle-là au moins !... Elle était venue le trouver, l'effrontée ! Elle avait demandé la grâce de son amant, – car enfin qui pouvait se douter que ce n'était pas son amant, mais seulement son fiancé ? Il avait cru que c'était son amant, lui : les filles de village ne sont pas, à l'ordinaire, d'une vertu si farouche ! Oh ! non, ce n'était pas sa faute, à lui. Elle n'avait pas besoin de venir le trouver !... Mais qui donc avait eu l'aplomb de dire que c'était sa faute ?...

Il se retourna brusquement, cherchant à dévisager l'audacieux... Il était seul.

Alors il se rappela que c'était Timothée qui lui avait dit : « exprès » comme pour le braver. Elle s'était noyée exprès ; c'est Timothée qui l'avait dit, Timothée le paierait sans tarder ! Et le prêtre qui faisait un enterrement de seigneur à cette fille !...

Bagrianof s'arrêta. Le glas avait cessé. Le silence et la résolution qu'il venait de prendre de châtier l'insolent lui firent beaucoup de bien.

Il s'assit dans son fauteuil, ouvrit son tiroir, prit la lettre à l'archevêque et la mit bien en évidence ; puis il alluma un cigare et se remit à lire. Mais il ne comprit pas un mot de ce qu'il lisait.

Fédotia avait de belles funérailles. Sauf les bambins dont les cris avaient désorienté le vieux domestique, personne n'était resté au logis.

Le père avait voulu la grand-messe avec les chantres, et le prêtre avait consenti à tout, prenant la responsabilité sur lui : il avait fait le sacrifice de sa place. D'ailleurs la jeune mère paraissait plus forte,

Chapitre X

le petit avait bonne envie de vivre, et, si cruel que fût Bagrianof, il ne pouvait les chasser avant un mois au moins. Dans un mois, il mettrait tous ses trésors sur une pauvre charrette, et il irait où la grâce de Dieu et de ses supérieurs voudrait bien l'envoyer, – en Sibérie, s'il le fallait, enseigner la loi de Dieu aux Toungouses. Ne serait-il pas sûr de la vie, riche de posséder sa femme et son enfant, qu'on ne pouvait lui ravir ?

Pendant qu'il récitait les prières sur le cercueil, la foule l'entourait, si pressée, qu'on étouffait dans l'église, non chauffée cependant. Les hommes, concentrés, la tête basse, sentaient vaguement dans l'air une odeur de vengeance monter avec celle des branches de sapin qu'ils foulaient aux pieds. La jeune morte, parée de ses beaux habits, la face découverte, était pour eux un étendard qui les menait au combat. Ce n'est pas seulement pour les vieux Romains que le corps d'une femme a été le symbole de la liberté outragée.

La cérémonie funèbre s'acheva sans tumulte. Les paysans enlevèrent le cercueil. Le père et Savéli tenaient la tête. Fédotia sortit de l'église accompagnée par le glas qui avait si fort énervé Bagrianof : le village tout entier la suivit jusqu'au cimetière peu distant, situé dans un bouquet de bois clairsemé, où les vieilles tombes disparaissaient sous les fleurs sauvages, où les oiseaux nichaient au printemps par centaines.

La neige recouvrait les monticules anciens et nouveaux. La fosse de Fédotia faisait une tache noire sur cette blancheur immaculée. Le cortège, la croix en tête, monta la pente douce, de son pas cadencé ; la fosse reçut sa proie ; le prêtre jeta une poignée de terre dans le cercueil encore ouvert ; on descendit le couvercle, qu'on posa sans fracas ; – Iérémeï et Savéli se penchèrent pour voir ce qui restait encore de leur bien-aimée, – et les planches de sapin elles-mêmes disparurent bientôt sous la terre mêlée de neige qui roula en gros blocs jusqu'au fond du trou.

Iérémeï, suivant l'usage, invita les assistants à venir festiner chez lui. On le suivit en silence. Chacun sentait, comme on dit, qu'il allait se passer quelque chose.

Chapitre XI

Le banquet funèbre commença au milieu d'un profond silence. Invité par Iérémeï, le prêtre s'était excusé, alléguant la maladie de sa femme, mais en réalité parce qu'il sentait aussi l'orage dans l'air. Les paysans attablés mangeaient lentement comme à l'ordinaire les œufs durs et le riz cuit à l'eau qui sont le fond de ces repas de funérailles. Les femmes mangeaient à part dans une autre cabane. Le gobelet d'eau-de-vie faisait de temps en temps le tour de la table. Peu à peu les conversations s'animèrent, mais sans atteindre le degré de bruit qui témoigne d'un vif intérêt. Chacun sentait que ce qu'il disait n'avait d'importance pour personne. On attendait. L'après-midi se passa ainsi. Le ciel s'assombrissait, la nuit n'était plus bien loin, quand le père de Fédotia se leva et prit la parole. Au premier son de sa voix, le silence se fit partout : de tous les coins de l'isba, les têtes attentives se tournèrent vers le vieillard.

– Frères, dit-il, je n'avais plus qu'une fille, et je l'ai perdue. Nous l'avons mise dans la terre ; qu'il nous reste d'elle un souvenir éternel.

Suivant l'usage, l'assemblée psalmodia trois fois en chœur : « un souvenir éternel », et le silence se rétablit.

– Ma Fédotia n'avait jamais offensé personne, reprit le père d'une voix pleine de larmes ; elle était douce comme un agneau et pure comme une colombe. Elle était fiancée, vous le savez tous, à ce brave garçon, – il indiqua du doigt Savéli placé à sa droite. – Elle se serait mariée, elle aurait été une bonne femme, comme elle avait été une bonne fille. Elle était jeune, elle était bien portante, et voilà qu'elle est morte tout à coup. Comment cela s'est-il fait ?

Il promena son regard sur l'assistance. Tout le monde l'écoutait avec recueillement Quelques yeux animés par l'eau-de-vie suivaient les siens avec la ténacité de l'ivresse commençante.

– Comment se fait-il, reprit Iérémeï, qu'une belle fille, jeune et bien portante, coure tout à coup à la rivière et laisse son vieux père sans une âme pour lui fermer les yeux et le mettre au repos ? Est-ce naturel, je vous le demande, qu'une jeune fille préfère la mort aux baisers de son fiancé ?

Le vieillard parlait avec ce mélange de simplicité et de langage biblique que les paysans empruntent à leurs longues stations assidues à l'église.

– Est-ce naturel, continua-t-il, qu'une jeune fille regarde son fiancé et se couvre le visage en disant : Ne me touche pas ! Est-ce naturel, continua-t-il en s'animant, que, pleine de honte, elle coure à la rivière et meure de bon gré plutôt que de regarder un homme en face ? Non, ce n'est pas naturel ! cria-t-il d'une voix tonnante en frappant rudement le plancher de son bâton.

Tous tressaillirent.

– Ma fille est morte, reprit-il en regardant tout autour de lui d'un air de défi, parce que notre seigneur, qui n'a pas plus de honte qu'un chien maudit, l'a prise pour ses amusements, la blanche colombe... Et elle n'a plus osé regarder son fiancé, elle n'a pas osé revenir à son vieux père et elle est allée se jeter à la rivière. Et l'on viendra me dire : – Ta fille s'est tuée, c'est un péché ! Non, il ment, celui qui dit cela ! Ma fille n'a pas péché, ma fille ne s'est pas tuée, c'est Bagrianof qui l'a tuée... Meurtrier !

Le grand vieillard leva les bras au ciel, brandit son bâton et le laissa retomber avec fracas sur le plancher. Tous les hommes se levèrent d'un commun mouvement. – Meurtrier ! crièrent-ils d'une seule voix.

Ils n'avaient plus peur : ce n'étaient plus des moutons timides prêts à se laisser tondre. Le grand coup d'aile de la vengeance dans son vol avait purifié l'atmosphère autour d'eux. Ils allaient se venger, ils étaient déjà libres.

– C'est un meurtrier, répéta Iéréméï d'un ton plus calme. Et ce meurtre n'est pas le premier. Il a tué nos frères partis pour la Sibérie, il y a trois mois à peine. Avez-vous oublié les coups de verges qui sifflaient sur leurs épaules ? Avez-vous oublié le sang qui coulait de leur dos meurtri ? Et les charrettes qui ont emporté nos frères à l'orient, les avez-vous oubliées ? Et les femmes que voilà veuves, et les enfants qui se trouvent orphelins, ont-ils oublié leurs époux et leurs pères ? Et croyez-vous que sur la route il ne soit pas mort plus d'un de ceux qui sont partis ce jour-là ? Et ceux qui ont survécu mourront loin du village, et nous n'en saurons jamais rien, et personne, à leurs funérailles, ne boira la tasse d'eau-de-vie, la « coupe d'amertume » qu'on vide au repas funéraire et que nous buvons ici pour Fédotia en son souvenir éternel !

Le gobelet d'eau-de-vie circula de main en main, chacun y trempa ses lèvres, et le chœur chanta trois fois le funèbre répons : « Souvenir éternel ! »

– Ceux qui sont morts en route et ceux qui mourront là-bas, reprit Iéréméï quand revint le silence, ont été tués par la même main qui a tué ma fille. C'est Bagrianof qui a ruiné notre village : nous ne ressemblons plus à des hommes, et dans les environs on nous appelle des loups ; c'est vrai, nous sommes des loups, et nous haïssons tout le monde ; tout le monde, répéta-t-il avec rage en grinçant des dents, les seigneurs, et les procureurs, et les soldats, et les scribes, et les gens de justice ! Mais il y a des gens de justice partout, et des soldats aussi partout, et tous les paysans ne les haïssent pas !... Nous les haïssons à cause de Bagrianof, parce qu'il est si méchant et si féroce qu'il ferait douter même de la justice de Dieu !... Pardonne-moi, Seigneur, dit-il en s'inclinant devant les saintes images du coin oriental de la cabane, pardonne si ma langue a blasphémé, ce n'est pas mon péché. Que ce péché, avec les autres, comme tous nos maux et toutes nos misères gise lourdement sur l'âme de Bagrianof !

L'assemblée s'agita comme une mer houleuse ; un murmure de fureur à demi contenu la parcourut d'un bout à l'autre et revint jusqu'à Iéréméï. Le vieillard avait épuisé ce qu'il avait à dire ; Savéli prit la parole.

– Nous avons assez souffert, dit-il de sa voix claire et bien timbrée. D'ailleurs, pour ma part, j'ai promis de venger la défunte. Nos frères n'ont pas su ce qu'ils faisaient quand ils ont laissé la vie à ce chien : il fallait serrer pendant qu'ils tenaient la corde ! mais cette fois nous ne le lâcherons pas ! N'est-ce pas, vous autres ?

Un frémissement de plaisir parcourut l'assemblée : ils croyaient déjà tenir le cou du seigneur entre leurs doigts osseux.

La nuit tombait ; des femmes entrèrent pour allumer des esquilles de sapin qui brûlaient vite en se détachant de la griffe de fer où elles étaient fixées. À cette lueur inégale, qui remplissait l'isba d'un acre parfum de résine, les faces terreuses et les yeux irrités des paysans paraissaient plus terribles encore.

Tout à coup la porte s'ouvrit brusquement, et un homme se fit place jusqu'à Iéréméï, écartant d'un seul bras tous ceux qui se

Chapitre XI

trouvaient sur son passage. Au milieu du tumulte, il arriva devant le vieillard, séparé de lui seulement par la table, et se laissa tomber sur le banc avec un long hurlement de douleur. On approcha une bûchette de sapin pour le reconnaître : c'était le vieux Timothée, le valet de Bagrianof.

Un cri d'indignation s'éleva à sa vue.

– Que viens-tu faire ici ? chien des chiens qui sont là-bas ! s'écrièrent les paysans. Viens-tu nous espionner pour te faire bien venir ? Lèche-plat, pourvoyeur !...

Les injures pleuvaient sur le vieux domestique qui continuait à se tordre en gémissant. Comme on le prenait par les épaules pour le jeter dehors, il poussa un rugissement fou.

– Justice ! s'écria-t-il en levant son bras gauche vers le ciel. Justice, au nom du Christ, frères, secourez-moi !

On s'aperçut alors que son bras droit pendait inerte à son côté.

– Qu'as-tu ? lui dit Iéréméï. Laissez-le, vous autres, cet homme est mon hôte.

Un petit espace libre se fit autour de Timothée. Gémissant, se tordant de douleur, il souleva son bras droit à l'aide de sa main gauche et montra aux paysans saisis d'horreur ce membre tuméfié, où la chair rongée depuis la saignée jusqu'au bout des ongles n'était plus qu'une épouvantable brûlure.

– Qui t'a fait cela ? dit Savéli, les yeux étincelants.

– Qui ? le monstre, le loup, Bagrianof !

Les exclamations et les injures recommencèrent, cette fois, à l'adresse du maître. Iéréméï fit chercher la sage-femme qui était dans une autre cabane et qui arriva aussitôt. Au village, c'est cette matrone qui se charge ordinairement des pansements ; elle posa une première application d'huile et de toile assez convenable. La chair était à nu ; la peau, bouillie pour ainsi dire, se détachait en lambeaux ; les ongles devaient tomber, – le bras aussi, peut-être ; qu'en savait-on ? L'amputation serait probablement nécessaire ; mais, au village, il n'est pas question d'amputation. Lorsque le bras de Timothée, bandé dans un mouchoir, fut attaché à son cou, Iéréméï mit la sage-femme à la porte.

– Raconte-nous comment il t'a fait cela, dit-il au malheureux qu'on réconfortait avec de nombreuses gorgées d'eau-de-vie.

– Voilà, dit Timothée : le maître m'en voulait... sais-tu pourquoi ? dit-il brusquement en se tournant vers Iérémeï, et toi, sais-tu pourquoi ? fit-il à Savéli, qui l'écoutait avidement ; parce que j'avais voulu empêcher la défunte Fédotia d'entrer chez lui.

– Tu as fait cela ? dit Savéli d'un ton dubitatif.

– Oui !... Quand je l'ai vue venir, si gentille, si mignonne, j'ai eu pitié d'elle. Elle m'a demandé si l'on pouvait voir le maître pour tâcher d'obtenir ta grâce ; je lui ai répondu de s'en aller, que le maître n'était pas bon à voir. Elle s'en allait quand le maître, le païen maudit !... il s'est mis à sa fenêtre et il l'a appelée. Tu sais le reste aussi bien que moi ; mais il avait vu que je la renvoyais, et il était fâché. Ce matin, il m'a demandé de quoi elle était morte, je le lui ai dit ; cela lui a déplu. Il m'a envoyé savoir ce qu'on disait dans le village ; je lui ai répété ce qu'on disait : que c'était grand dommage qu'une si jolie fille fût morte si jeune ! Cela aussi lui a déplu. Alors le soir, comme je lui servais le samovar pour son thé, à cinq heures juste il est entré et il a prétendu que l'eau ne bouillait plus. Ce n'était pas vrai, mes frères, l'eau bouillait.

Timothée voulut faire le signe de la croix pour renforcer son assertion ; ce mouvement instinctif de son bras droit lui arracha un cri de douleur. Il fut un moment sans pouvoir parler.

La foule muette attendit patiemment. Il reprit sa narration.

– Elle bouillait, répéta-t-il, puisque la vapeur sortait à gros nuages de la bouilloire, et qu'il y avait encore des morceaux de charbon allumé dans le tuyau. Enfin, pour le contenter, je remportai le samovar, j'y mis du charbon, et, quand il fut bien allumé, – l'eau jetait de gros bouillons par les trous du couvercle, – je l'apportai sur la table. En entrant, je vis Bagrianof qui me regardait d'un air méchant, en riant, vous savez ? Voilà vingt-cinq ans que je le sers, et je n'y suis pas encore accoutumé ; quand il me regarde comme ça, je ne sais plus ce que je fais. Alors, moi, j'arrivais avec ma bouilloire, et, comme je regardais le maître, au lieu de tourner le robinet où il faut, en face de la dame, je le mis de côté, à gauche.

– Tu ne sais plus poser un samovar sur une table ? – me dit le maître en riant. Ses dents blanches, dans sa figure blanche, étaient aussi pointues que les dents d'un renard. – Tu causes trop avec les jolies filles, cela te tourne la cervelle.

Chapitre XI

– Excusez, maître, lui dis-je bien doucement, j'ai mal fait. – Je parlais du samovar, vous comprenez.

– Retourne-le, me dit-il, et mets-le comme il faut.

– J'obéis. Si vous saviez comme l'eau bouillait ! Elle partit par-dessus le bord et coulait sur le petit plateau. Alors Bagrianof me dit :
– Relève ta manche, que je voie ton bras, – Je relevai ma manche sans penser à mal. Ah ! si j'avais pris le chemin de la porte ! Mais je n'en aurais pas eu le temps. Je n'avais pas plutôt relevé ma manche qu'il me la retroussa jusque par-dessus le coude avec les doigts de fer qu'il a, vous savez ; il me prit le bras, le mit sous le robinet et tourna... Ah ! mes frères ! s'écria le malheureux se tordant sur son banc au souvenir encore présent de la torture, – il l'a fait couler sur mon bras jusqu'à la dernière goutte ! J'étais tombé à genoux et je demandais grâce : il m'a tenu jusqu'au bout. On ne peut pas lui échapper quand il vous tient : c'est un étau ! Et puis la douleur était si vive que je n'avais plus seulement la force de crier.

– Et la dame ? dit Savéli. Elle était là ? Qu'est-ce qu'elle a dit !

– Pauvre âme ! Elle s'est jetée aux genoux de son mari, elle lui a dit : – Brûlez-moi et laissez cet homme. Il l'a repoussée, et elle est tombée sans connaissance.

Les poitrines haletantes des paysans se soulevaient lourdement. Ils avaient écouté sans mot dire, et maintenant cet homme, ce valet, méprisé, détesté jusqu'alors, devenait un des leurs par son martyre. Ils s'empressèrent autour de lui, et ces « loups » trouvèrent de douces paroles pour le nouveau frère.

– Eh bien ! dit Savéli au bout d'un moment, pourquoi es-tu venu nous dire cela ?

– Pour que vous m'aidiez à me venger ! gronda Timothée d'une voix sourde. Je ne puis pas me venger seul, mais il faut que je me venge !... Il me semble que le seigneur vous doit aussi quelque chose, à vous autres !

Le cri de rage jaillit à la fois de toutes les poitrines. On ne s'entendait plus : chacun avait quelque chose à proposer, et tous parlaient à la fois.

– Non ! cria Timothée dominant le tumulte. Pas de corde ! cela ne réussit pas. S'il peut parler, il vous enjôlera tous, il enjôlerait des pierres avec sa voix tendre et ses yeux de chatte qu'il sait faire doux comme du miel. Le couteau, la hache, c'est sûr, cela !

– Et le sang ? jeta une voix dans l'ombre. Et la justice ?

Le silence se fit pour écouter la réponse de Timothée.

– On brûle la maison, et c'est un accident, répondit-il d'une voix bien nette. Comme cela, il n'y a pas de sang.

– Que celui qui a péché par le feu périsse par le feu ! dit sentencieusement Iéréméï.

– Quand ? dit Savéli, les dents serrées.

– Celte nuit. Oh ! il faut que ce soit cette nuit ! Je ne dormirai pas qu'il ne soit mort.

– C'est moi qui aurai la hache, dit posément Savéli.

– Nous en aurons chacun une ! fit Iéréméï d'une voix contenue. À quelle heure ?

– À minuit. Venez tous, nous ne serons pas trop. Et la maison flambera, vous verrez ! C'est moi qui mettrai le feu.

– Et la dame ? fit soudain Iéréméï, et la petite fille ?

– On les conduira chez le prêtre, répondit Timothée. Elles ne sont pas méchantes : quand le feu flambera, je les éveillerai.

Chapitre XII

La maison de Bagrianof dormait ; la neige tombait depuis quelques heures, et les chemins, les arbres, les clôtures, tout était blanc. Le ciel, gris et terne, semblait toucher les toits ; les flocons s'amoncelaient le long des murailles, comme s'il voulaient ensevelir les maisons. Pas un souffle de vent dans l'air, pas une lueur sur le village ; seule, la maison de Bagrianof avait deux fenêtres vaguement éclairées. À travers les stores blancs, la lueur adoucie de la lampe des images filtrait sur la façade dans le cabinet du maître.

Confiant dans ses bonnes serrures et dans la double garde autour de sa maison, Bagrianof dormait profondément. Les idées factieuses de la matinée s'étaient noyées dans le fleuve d'eau bouillante dont il avait arrosé le bras de son domestique ; il s'était vengé, lui aussi, de l'insolence de ce rustre qui avait eu l'audace de lui dire que Fédotia s'était noyée exprès. Le retour de ce mot : « exprès », n'avait pas laissé cependant de lui faire une impression désagréable. Pour la

Chapitre XII

chasser, il s'était mis à faire des patiences, – suprême ressource du désœuvrement provincial. Les petites patiences, avec un seul jeu de cartes, n'ayant réussi à le distraire qu'à moitié, il s'était embarqué dans une grande patience à deux jeux complets, et il avait trouvé là un dérivatif si puissant, qu'il s'était couché dans l'état d'esprit le plus satisfaisant, après avoir fait huit petits tas de huit couleurs au grand complet.

Les huit tas étaient encore sur le bureau, prêts à lui rappeler sa victoire le lendemain, quand il ouvrirait les yeux, et le vainqueur donnait du sommeil qui suit les grandes batailles, lorsque la porte s'ouvrit doucement ; les gonds avaient été soigneusement huilés par Timothée.

Un à un, se succédant en file serrée, les paysans entrèrent sans bruit ; leur respiration étouffée s'entendait à peine. Quand la chambre fut pleine, la porte se referma, et Bagrianof se mit brusquement sur son séant.

Souvent, dans ses rêves, – car ses rêves avaient été les vengeurs de ceux qu'il opprimait, – il avait vu sa chambre pleine de têtes hideuses qui le regardaient avec des yeux féroces ; il s'était réveillé avec la corde au cou, cette corde qu'Ilioucha avait tenue dans sa main pendant un quart d'heure, et qu'il avait laissée échapper, « l'imbécile ! » Mais d'ordinaire un coup d'œil suffisait à dissiper ses frayeurs. Bagrianof se retournait, faisait le signe de la croix pour chasser le démon, et se rendormait. Cette fois le rêve avait une si poignante apparence de réalité, qu'il resta les yeux ouverts, la bouche béante, sans oser conjurer la vision à l'aide du signe de croix habituel.

Les ennemis étaient au grand complet : tous ceux qu'il avait lésés, tous ceux qu'il avait frappés ou molestés, ceux dont il avait déshonoré les filles ou les sœurs, ceux dont il avait envoyé les fils ou les frères en Sibérie, tous étaient là, chacun une hache ou un couteau à la main, et plus près de lui, tout contre le lit, le père de Fédotia et le fiancé, qui le regardaient avec des yeux ardents. Un autre, derrière eux, allumait des bougies pour y voir plus clair.

Bagrianof comprit qu'il ne rêvait pas et que le jour était venu.

On le lui avait dit parfois, que ses paysans le tueraient ; les paroles d'adieu du général-gouverneur lui passèrent dans le cerveau comme une épée flamboyante : « C'est dommage qu'ils ne vous aient pas tué ! »

– Grâce ! cria-t-il en étendant les mains pour implorer.

– Grâce ? répéta Iérémeï en le regardant tranquillement, ma fille a crié grâce ici même, là où tu dors, chien maudit ; as-tu fait grâce ?

– J'ai pardonné à Savéli !... balbutia Bagrianof saisi de terreur.

– Je ne te pardonnerai pas, moi ! dit Savéli, sans témoigner plus de colère apparente que le vieillard : tu as tué ma fiancée, je l'aimais plus que la vie, tu vas mourir.

– Je te donnerai tout mon argent, laisse-moi seulement la vie, dit Bagrianof, dont la langue épaissie ne pouvait articuler de paroles distinctes.

– Écoute, seigneur, dit Savéli, nous sommes tous ici, tout le village, entends-tu ? Nous allons te tuer, parce que tu es maudit de Dieu.

– Tu as comblé la mesure d'iniquité, reprit Iérémeï : prie Dieu de te recevoir, l'heure de ta mort est venue.

Bagrianof, d'un bond, se mit à genoux sur son lit : deux pistolets chargés étaient sur sa table de nuit, il voulut les atteindre ; avant qu'il eût allongé le bras, la hache de Savéli lui faucha l'épaule. Il tomba sur le lit en hurlant.

– Au secours ! cria-t-il une seule fois.

Nul ne sait qui lui porta le coup mortel, car dix haches s'abattirent au même instant.

Un grand silence se fit. Les paysans s'entre-regardèrent. Bagrianof ne bougeait plus ; un ruisseau de sang coulait le long du drap jusqu'à terre ; de larges taches rouges marbraient le linge et la couverture.

– Le feu, vite ! cria quelqu'un.

Aussitôt, comme si une panique les eût saisis, les assassins entassèrent les meubles sur le cadavre ; les chaises légères, les livres, les journaux, les objets de luxe, les rideaux de mousseline, formèrent bientôt une masse confuse qui montait jusqu'au plafond. Quelqu'un apporta une botte de paille qu'on mit sous le lit.

– Reculez-vous ! dit Iérémeï aux paysans. C'est toi qui l'as frappé, continua-t-il en s'adressant à Savéli, c'était mon droit. Au moins c'est moi qui mettrai le feu.

– Soit ! fit Savéli en se dirigeant vers la porte.

Chapitre XII

Iérémeï prit les deux bougies, les arrangea soigneusement au milieu de la botte de paille, et souffla un instant avec sa bouche, comme s'il s'était agi d'allumer son poêle. La fumée remplit la chambre, puis la flamme parut, pétilla et monta le long des draps ; le ruisseau rouge coulait toujours, mais goutte à goutte. Une large mare de sang caillé noircissait le plancher.

– Ouvrez le vasistas ! dit Iérémeï toujours debout près du lit.

Un paysan ouvrit les deux carreaux de la double fenêtre, et soudain, à travers la fumée plus épaisse, les langues de flamme, minces et allongées, glissèrent le long des rideaux de mousseline jusqu'à l'amas de meubles.

Les huit petits tas de cartes étaient restés presque intacts sur le bureau : Savéli les ramassa en une poignée et les lança sur le bûcher. Les cartes s'éparpillèrent de tous côtés, aussitôt saisies par le feu, qui gagnait du terrain.

– Ça marchera, dit Savéli. Fermons la porte à clef, mes amis. Adieu, seigneur !

Sur ce mot jeté à Bagrianof avec une gaieté sinistre, Savéli ferma la porte à double tour, s'avança sur le perron et lança la clef au loin dans la neige. On ne l'entendit pas tomber.

Les paysans étaient tous sortis. Rassemblés dans la cour, ils regardaient l'incendie qui augmentait dans le cabinet de Bagrianof ; à travers les stores baissés, on voyait la flamme aller et venir en lueurs inégales, tantôt d'un pourpre noirâtre, tantôt d'un rouge éclatant. Des torrents de fumée sortirent aussi bientôt des fenêtres du sous-sol. Timothée avait bien fait les choses : il avait bourré le dessous de fagots et de menu bois. Le revêtement des murailles, en planches peintes, commençait à s'enflammer.

– Et la dame ? dit Iérémeï. Est-ce qu'on va la laisser brûler ?

– Sois tranquille, fit Timothée qui, à deux pas de lui, contemplait son ouvrage, tout va bien ; de ce côté-là, ça ne brûle pas encore. Il ne faut pas aller la chercher trop tôt non plus : elle voudrait nous faire sauver son mari.

– Va, dit Savéli ; la clef est perdue ; nous dirons qu'il s'est enfermé en dedans ; va vite.

En effet, il n'y avait pas de temps à perdre. Réveillées par l'odeur de la fumée, les femmes de chambre se précipitaient au dehors comme un troupeau de volatiles effarés : pas une n'avait eu l'idée de réveiller la maîtresse. Timothée s'élança dans la maison ; mais avec son bras en écharpe il n'était guère adroit. Quand il eut trouvé les pelisses et réveillé madame Bagrianof, il voulut l'emmener dans la cour, avec sa fille dans les bras ; mais le plancher de l'antichambre flambait avec une telle intensité qu'il fallut renoncer à la traverser. Un moment, le vieux domestique pensa qu'il resterait dans la maison embrasée, ainsi que les deux femmes qu'il voulait sauver. Par bonheur, Savéli s'était aperçu de leur danger : il monta sur le rebord formé par le soubassement de briques ; avec la même hache qui avait frappé Bagrianof il fit voler en éclats la fenêtre de la chambre à coucher, élevée de dix à onze pieds au-dessus du sol, et, s'aidant de ses bras agiles, pénétra dans la maison en flammes. Il était temps, la porte et les rideaux brûlaient déjà. Une première fois, il emporta la petite fille affolée qui se cramponnait à sa mère ; une seconde fois, il enleva madame Bagrianof qui avait perdu connaissance en voyant sa fille saine et sauve.

Au moment de grimper une troisième fois pour aider Timothée à échapper aux flammes, il hésita. Était-ce la peine de risquer sa vie pour ce valet, longtemps ministre des volontés cruelles de Bagrianof ? La vue du pauvre vieux au désespoir, qui essayait vainement avec un bras de s'accrocher aux montants de la fenêtre, lui fit braver le péril encore une fois : il remonta, saisit Timothée à bras le corps sans trop le froisser, lui fit prendre pied sur le soubassement, d'où il l'enleva ensuite pour le déposer sur la neige, à côté de madame Bagrianof.

Quelques paysans, saisis de pitié, emmenèrent la malheureuse femme et sa fille, et les conduisirent chez le prêtre. Vladimir Alexiévitch accueillit les pauvres créatures avec toute la commisération de son cœur généreux, et s'efforça de rappeler madame Bagrianof à la vie. En ouvrant les yeux, le premier cri de cette victime du devoir fut :

– Sauvez mon mari !

Pendant que le prêtre essayait de calmer les terreurs de la veuve, les paysans groupés dans la cour regardaient brûler la maison. Le feu sortait par toutes les fenêtres ; le toit, rongé en-dessous, laissait passer par endroits des gerbes d'étincelles, des flammèches s'éparpillaient sur la neige comme un bouquet d'un feu d'artifice ;

Chapitre XII

pas une haleine de vent sur ce bûcher qui consumait le cadavre de l'ennemi. La neige, colorée en rose par la réverbération de l'incendie, avait des teintes tendres et joyeuses ; le ciel, rouge et bas, semblait envelopper le sinistre comme pour empêcher les gens du voisinage d'en avoir connaissance.

Le village était là tout entier : les femmes étaient venues, et personne ne faisait un mouvement pour empêcher le feu d'achever son œuvre. Les âmes sensibles, – il en restait encore quelques-unes dans ce repaire de loups, – s'étaient calmées en apprenant que la dame et la demoiselle étaient en sûreté. Le sentiment général était celui de l'allégement, de la délivrance. Les derniers venus avaient demandé à voix basse si le maître était dedans. À la réponse affirmative, chacun s'était planté sur ses pieds et attendait la fin.

Le toit de planches peintes, à peine attaqué jusque-là, prit feu tout entier, d'un seul coup, comme s'il eût été enduit de résine ; il flamba quelques instants, lançant vers le ciel une superbe flamme rouge et jaune, puis s'effondra avec fracas.

La neige se mit à tomber lentement ; les flocons énormes, sur le fond rouge vif, avaient l'air de grosses mouches paresseuses : d'autres brillaient comme des paillettes de métal incandescent ; puis la neige s'épaissit bientôt au point de former comme une sorte de voile entre les spectateurs et l'incendie mourant.

– Eh bien, enfants, dit une voix, je crois que nous pouvons aller nous coucher.

Les groupes se dispersèrent silencieusement. Les domestiques et les femmes de chambre s'étaient réfugiés dans les communs intacts, et pleuraient la perte de leurs hardes.

– Taisez-vous donc, leur dit Timothée en fermant la porte, vous avez plus gagné cette nuit que vous ne pourriez perdre de chiffons en cent ans.

Cette vérité frappa tout le monde, et le calme se rétablit.

La ruine n'était plus qu'une masse rougeâtre, à peine élevée au-dessus du sol par le soubassement intact. Deux traînards se retournèrent une dernière fois pour la regarder.

– Hein ! comme ça a brûlé ! dit l'un d'eux.

– C'était superbe ! répondit le second.

Rentré dans sa maison, Iérémeï, que Savéli n'avait pas quitté, réfléchit un instant.

– Où vas tu ? dit-il au jeune homme, muet à son côté.

– À la ville. Le colporteur a un passeport pour moi. Et toi ?

– Moi, je reste ici.

– Tu n'as pas peur ?

Le vieillard haussa les épaules.

– Peur de quoi ? Est-ce que tout le monde ne sait pas que c'est un accident ?

Savéli resta silencieux ; il regarda attentivement sa hache, et l'essuya une fois de plus avec la peau de sa pelisse.

– Donne-la-moi, dit Iéréméï, je vais la nettoyer avec la mienne, et je la reporterai chez toi. Tu fais bien de t'en aller : tu es jeune, va voir du pays ; moi je suis vieux, quand même ils me prendraient, qu'importe à présent, je suis seul !

Il se jeta lourdement sur le poêle pour dormir.

– Père..., dit Savéli avec un silence.

– Quoi ?

– Donne-moi ta bénédiction. Dans les pays lointains où je m'en vais, elle me portera bonheur.

Iéréméï se leva et vint faire le signe de la croix sur la tête courbée de Savéli. Celui-ci baisa la main du vieillard, la main qui avait mis le feu à la maison du maître.

– Que Dieu t'accompagne ! dit le vieux paysan avec un soupir. Nous nous reverrons dans l'autre monde.

Savéli rentra chez lui, prit une paire de bottes, ce qu'il possédait d'argent comptant, attela son petit cheval à un traîneau bas, composé d'une simple claie, et partit.

Quand il fut à deux verstes du village, il se retourna. Le ciel était rouge au-dessus de la ruine, qui continuait à jeter, par moments, une faible lueur dans l'air épais. La neige tombait, cachant la trace des sabots du cheval et du léger traîneau... Tout le favorisait. Il secoua les épaules et continua rapidement sa route. Arrivé à la ville avant le jour, il réveilla son ami le colporteur. L'explication fut courte. Le soir même, Savéli partait pour l'inconnu, sa balle sur les épaules, le cœur plein d'un indicible contentement de se savoir libre.

Chapitre XIII

Lorsque le jour se leva sur les débris encore fumants de la maison de Bagrianof, la veuve chancelante, soutenue par le prêtre, s'approcha de ce qui avait été sa demeure.

– Il est là, dit-elle en montrant le côté gauche de la ruine, où, quelques heures auparavant, blanchissaient dans la nuit les fenêtres de Bagrianof. Il faut le retirer, il est peut-être vivant.

Elle se tut, étouffant un soupir.

– Si mon mari existe encore, continua-t-elle, on parviendra sûrement à le sauver ; s'il est mort, il faut lui rendre les derniers devoirs.

Le prêtre se taisait. Si Bagrianof vivait, en effet, quelles terribles représailles, car il ne doutait pas de la cause de l'incendie ; dans le fond de sa conscience, il avait déjà nommé les coupables.

– Appelez le *staroste*, je vous prie, père Vladimir, dit la veuve avec calme : il faut des hommes tout de suite.

Cette femme, molle et faible dans la vie conjugale, presque hébétée par les mauvais traitements, avait tout à coup pris une autorité surprenante. Était-ce l'espérance ou la crainte qui la rendait si dissemblable à elle-même ? Quelques femmes curieuses, quelques hommes inquiets, se montraient à l'entrée de la cour. La veuve s'approcha aussi près que la chaleur le lui permit, interrogeant du regard le lieu où devait être son époux. Le pas du staroste derrière elle la tira de sa contemplation.

– La corvée tout de suite, dit-elle, toute la corvée, sans excepter un seul homme, entends-tu ? Qu'on prenne des haches, des pioches, des pics, tout ce que vous voudrez, et qu'on déblaye le cabinet du seigneur.

Quelques paysans étaient approchés derrière leur *staroste*, ils s'entre-regardèrent avec effroi :

– Et si Bagrianof n'était pas mort ?

– À quoi bon, notre mère ? dit le plus hardi. L'incendie, c'est la volonté de Dieu qui se montre. Il a ordonné de vous sauver, et vous voilà en vie avec la demoiselle, Dieu merci ! mais on voit bien que ce n'était pas sa volonté de sauver le maître, puisque...

– Nous ne sommes pas juges de la volonté de Dieu, fit madame Bagrianof avec une hauteur qui la surprit elle-même : je suis la maîtresse en attendant, et j'ordonne qu'on commence à déblayer tout de suite.

Un murmure de mécontentement parcourut le groupe.

– Ça brûle encore... il y a du danger... nous n'irons pas !...

Le sourd grondement de révolte grossissait avec la foule, qui augmentait très rapidement. Madame Bagrianof perdit tout son courage, et tendit vers les paysans ses mains suppliantes.

– Mes frères, mes amis, dit-elle, je sais qu'il a été pour vous un maître dur et inhumain. Mais, voyez-vous, c'est mon mari, c'est mon époux ; j'ai juré de lui être fidèle par-delà la mort.

Elle fondit en larmes. Le devoir dominait en elle le sentiment même de la conservation personnelle. Le murmure continuait.

– Imbéciles ! cria une voix tonnante derrière la foule. Imbéciles ! J'y vais, moi, si vous avez peur !

Iérémeï fendit la foule, son bâton d'une main, sa hache, – toujours la même, – de l'autre. Quand il fut près de madame Bagrianof, il ôta son bonnet fourré.

– Vous êtes une digne femme, vous, maîtresse, dit-il, et nous sommes prêts à vous servir : ces imbéciles ont peur des défunts, – il cligna de l'œil à l'assemblée, – je n'ai pas peur ! seulement, maîtresse, il ne faut pas vous attendre à retrouver le seigneur vivant. Enfin nous vous le rapporterons tel qu'il sera. De l'eau, vous autres ! Est-ce que vous croyez que nous allons nous brûler la plante des pieds ? Allons, vite, de la neige, en attendant mieux !

Payant d'exemple, Iérémeï entama avec sa hache, le long de la clôture, à vingt mètres de là, la neige à moitié fondue et transformée en glace. Aussitôt les pelles et les baquets arrivèrent de tous côtés.

Le prêtre voulait emmener chez lui madame Bagrianof pendant qu'on ferait les recherches ; elle s'y refusa obstinément. Tremblante de froid, claquant des dents, malgré ses fourrures, elle s'assit sur une chaise de bois qu'on lui apporta des communs, et suivit de l'œil le travail des paysans.

Tout le village s'était mis à l'œuvre et travaillait avec une ardeur fiévreuse : quelques mots, dits tout bas par Iérémeï à l'oreille des plus récalcitrants, avaient fait merveille. Les seaux de neige et d'eau

Chapitre XIII

arrivaient avec une telle abondance, que si Bagrianof n'eût pas été mort, il eût été asphyxié par ce déluge glacé.

Après deux heures de travail, on arriva à marcher sans danger sur le soubassement de pierre, du côté du cabinet ; une demi-heure de plus amena quelques fragments de meubles ; puis un grand silence se fit, et les travailleurs s'arrêtèrent. Les caves voûtées avaient empêché le plancher de s'effondrer ; au milieu d'un tas de débris informes, quelques os carbonisés, avec quelques lambeaux de chair calcinée, représentaient le maître.

– Eh bien ? s'écria madame Bagrianof.

– Que Dieu lui donne le repos éternel ! dirent les paysans en se découvrant.

– C'est bien, enfants, je vous remercie, dit la veuve en inclinant la tête.

Elle ramena son châle sur ses yeux et se laissa docilement conduire chez le prêtre. À son entrée, sa fille vint se jeter dans ses bras.

– Je n'ai plus que toi, lui dit la veuve en la serrant sur son cœur. Béni soit Dieu qui nous a gardées l'une à l'autre !

Un exprès dépêché en toute hâte à la ville rapporta, le soir même, un cercueil garni de velours rouge, pour les restes de Bagrianof. Le service funèbre fut aussi pompeux que si rien ne s'était passé d'insolite ; la veuve s'excusa seulement de ne pouvoir faire servir le repas funéraire, faute d'asile. La mort de son mari lui avait fait autant d'amis dévoués qu'il y avait de propriétaires à dix lieues à la ronde. Chacun voulait l'emmener aussi loin possible pendant l'enquête qui allait suivre. Elle choisit parmi toutes ces offres celle du maréchal de la noblesse du district. Sa femme et lui habitaient à soixante verstes de là, un domaine magnifique où grandissaient autour d'eux les enfants de leurs petits-enfants.

Au moment où les malheureuses montaient en voiture, Iéréméï leur apporta un coffre en acier trouvé dans les décombres et qui contenait les bijoux de madame Bagrianof. Elle voulut remercier le vieillard, mais il s'en allait déjà vers la maison à longues enjambées.

Un paysan l'avait rejoint.

– Tu avais bien besoin de leur rendre ça, dit-il ; comme si nous n'en avions pas plus besoin qu'elles !

– Nous sommes des assassins, nous autres, grommela Iéréméï,

mais nous ne sommes pas des voleurs !

Et il tourna le dos au paysan ébahi.

L'enquête eut lieu selon toutes les règles, et naturellement ne prouva rien.

Chapitre XIV

Dans la retraite où elle avait trouvé la sympathie, madame Bagrianof sentait son cœur s'ouvrir à la joie. Ces visages souriants, cette union de la famille, si douce, quand elle est sincère, que rien sur terre n'en égale la douceur, les bonnes paroles et les attentions délicates dont elle avait été sevrée depuis sa jeunesse, tout lui faisait un bien semblable à celui que reçoit d'une douce rosée une terre longtemps aride et desséchée.

La petite fille, heureuse au milieu des autres enfants, grandissait et se développait à miracle.

Un jour, après avoir longuement regardé les joues roses et les yeux brillants de l'enfant, qui naissait véritablement à la vie dans cette atmosphère de bienveillante douceur, madame Bagrianof sentit mûre dans son cœur une bonne pensée, qui avait germé depuis longtemps. Elle alla trouver le maréchal, et lui demanda tout à coup si elle ne pourrait pas donner la liberté à ses paysans.

Le maréchal la regarda stupéfait. Dans ce temps-là, on n'affranchissait guère les serfs : le gouvernement avait beau donner l'exemple, peu de gens sacrifiaient ainsi la corvée et la redevance personnelle qui faisaient le plus clair de leur revenu.

– Vous leur avez déjà fait remise de leur dette, ma chère amie, dit-il doucement : c'était très bien... Je vous ferai observer que vous n'êtes pas riche.

– Je le sais, répondit la veuve ; mais, voyez-vous, c'est pour la vie de ma fille ; mes autres enfants sont morts tout jeunes. Je croyais bien que cette petite mourrait comme les autres, et j'ai été bien étonnée de la voir grandir comme si elle n'eût pas été une Bagrianof. Pendant le temps où tous les jours je croyais la perdre, j'ai fait un vœu ; je pensais que les enfants mouraient à cause des péchés du père, et j'ai promis que, si celle-ci vivait, je m'efforcerais de racheter les erreurs de mon mari. Comment pourrai-je mieux faire que de

Chapitre XIV

donner la liberté à ceux qu'il a tant fait souffrir ?

– Très bien, mais vous-même, si vous leur faites grâce de leur redevance personnelle, et si vous leur donnez la terre en les affranchissant, vous n'aurez pas grand-chose ; et d'ailleurs votre fille est mineure, vous ne pouvez disposer de sa part sans la permission de la tutelle.

– Je le sais, répondit la veuve ; cependant je peux donner ma septième part, celle qui me revient comme veuve, – et je la donne de bon cœur. Pensez que j'ai promis, que c'est grâce à ce vœu que ma fille a vécu ! Si je ne l'accomplissais pas, sûrement Dieu me reprendrait ma fille pour me punir... et si je perdais ma fille...

La voix de la mère s'éteignit dans les larmes.

– Eh bien, que voulez-vous de moi ? Je suis prêt à vous satisfaire, dit le maréchal, touché de cette superstition maternelle.

– Je n'ai jamais rien compris aux affaires, arrangez tout pour le mieux : qu'il nous reste de quoi vivre, et que les paysans de Bagrianovka aient la liberté. Je ne peux pas affranchir ceux des autres villages, ajouta-t-elle avec un soupir, puisque tout ne m'appartient pas, – et puis ils ont moins souffert que ceux de chez nous, qui étaient sous la main...

La veuve frissonna et ferma les yeux au souvenir des horreurs dont elle avait été le témoin forcé.

– Ne pensez plus à tout cela. Je ferai de mon mieux, puisque vous êtes bien décidée. Donnez-moi vos pouvoirs, et on ne vous dérangera pas.

Le maréchal vint à bout de terminer cette affaire à la satisfaction générale. Un jour d'été, il se dirigea vers madame Bagrianof, qui travaillait à l'aiguille sur un banc du jardin, en regardant sa fille s'ébattre sur le gazon. La veuve aperçut de loin le papier qu'il agitait ; elle voulut se lever et courir à sa rencontre ; ses jambes refusèrent de la porter. Elle appela son enfant auprès d'elle, et, toute palpitante, attendit la grande nouvelle.

– Je vous félicite, madame, dit le maréchal tout essoufflé : vos paysans sont libres, par votre volonté. Vous avez fait une grande chose.

– Que Dieu soit béni, dit-elle, à présent je dormirai tranquille. C'est pour toi, petite, entends-tu ? C'est pour toi que j'avais promis, c'est pour que tu vives longtemps. Que le Seigneur m'exauce !...

Et les larmes de la mère tombèrent abondantes et légères sur la tête inclinée de l'enfant.

Lorsque la nouvelle arriva à Bagrianovka, la surprise fut si grande que personne ne songea d'abord à se réjouir. Après tant d'années d'un joug implacable, voilà que ces hommes, tenus la veille dans des menottes de fer, se trouvaient libres d'aller et de venir, de se marier, de planter leur verger, d'exercer un commerce ; c'était trop à la fois, et ils n'osaient pas croire à leur bonheur ; puis peu à peu, la lumière se fit dans leurs esprits. Le prêtre leur avait lu, au milieu d'une indifférence glaciale, l'acte qui les affranchissait ; bientôt il les vit venir à la cure, les uns après les autres, pour s'informer de leurs droits ou de leurs devoirs. Au bout de six semaines ils étaient parfaitement en possession des uns, et à peu près résolus à ne pas tenir compte des autres. Aussi ingrats, – pas plus, – que le commun des hommes, ils oubliaient le bienfait pour ne voir que les conditions dont il était accompagné. – Si ma cabane brûle, c'est moi qui devrai la rebâtir ? pensaient quelques-uns en faisant la grimace. – Mais après tout, ces conditions étaient douces, et ils finirent par se soumettre sans trop de murmures.

Seul Iérémeï refusa obstinément de se considérer comme libre.

– Je ne veux pas que la dame m'affranchisse ! disait-il avec ténacité. On ne peut pas faire un homme libre malgré lui, je suppose ? Eh bien, je ne suis pas libre ; je suis esclave, je mourrai esclave, et ce n'est pas un papier de plus ou de moins qui y fera quelque chose.

Savéli ne pensait pas de même ; il fut enchanté de se savoir libre, – libre surtout d'aller et de venir. La vie errante du colportage lui paraissait délicieuse, et le village avait pour lui des souvenirs encore trop récents. Il se fit délivrer une patente, – à son vrai nom, cette fois, – pour recommencer à courir les villages.

Madame Bagrianof n'était pas encore retournée à Bagrianovka. L'hiver allait venir, déjà les grues et les cigognes s'en allaient vers le midi ; le maréchal la vit un jour entrer dans son cabinet.

– Je viens prendre congé de vous, lui dit-elle. Vous nous avez réchauffées comme deux oiseaux blessés, vous nous avez donné l'hospitalité et l'amour, suivant la loi du Christ, et j'ai passé ici les meilleurs jours de ma vie ; mais il est temps que je vous quitte.

Chapitre XIV

Nous partirons samedi pour Moscou.

– Comment ! déjà ? s'écria le vieillard ; puisque vous voulez nous quitter, attendez jusqu'au printemps : quelle envie avez-vous d'aller passer l'hiver dans un endroit inconnu ? Restez avec nous !

La veuve secoua tristement la tête.

– Vous êtes trop riche, dit-elle ; nous sommes pauvres et nous devons vivre dans la pauvreté toute notre vie...

– Restez avec nous, et votre petite fille partagera tout avec nos enfants...

– Cela ne se peut pas, répondit madame Bagrianof ; elle ne doit pas prendre des habitudes qu'il lui faudrait perdre en se mariant, la petite ne s'est que trop accoutumée à votre luxe. Plus tard, pour se détacher de tout cela, elle aurait trop à souffrir, et je ne veux pas qu'elle souffre, ajouta la mère à voix basse, conjurant un ennemi invisible.

Le vieillard porta respectueusement à ses lèvres la main de madame Bagrianof et cessa d'insister.

Le dimanche suivant, à Bagrianovka, à l'heure de la messe, la berline du maréchal s'arrêta devant l'église, et les paysans stupéfaits en virent sortir leur maîtresse et sa fille, toutes deux en grand deuil. Le prêtre vint les recevoir avec la croix, et l'office commença aussitôt.

Pendant tout le service, les paysans, les yeux fixés sur leur maîtresse, se rappelaient le temps où la figure cruelle du seigneur lui tenait compagnie. Quelques-uns, – les meilleurs, – eurent un peu de pitié pour elle et un peu de reconnaissance.

Après l'office, le village se réunit sur la grande place, et le *staroste* vint apporter à la maîtresse le pain et le sel, en remerciement du don conféré. La vue de ce plateau, symbole de richesse et d'hospitalité, fit jaillir les larmes des yeux de la propriétaire sans asile ; elle put à peine le prendre des mains qui le lui présentaient et le remettre à sa petite fille. Ce fut en vain qu'elle essaya de parler ; du geste, elle indiqua la ruine qu'on apercevait au bout de l'avenue et cacha son visage dans son mouchoir.

La vue de cette femme qui pleurait rouvrit ces cœurs fermés : les femmes les premières, et les hommes ensuite, trouvèrent des paroles de bénédiction et d'encouragement pour celle qui s'exilait après s'être dépouillée pour eux. Ces bonne paroles adoucirent l'amertume des souvenirs dans l'âme torturée de madame Bagrianof.

– Je m'en vais à Moscou, mes enfants, leur dit-elle. Vous êtes libres : aucun maître ne vous fera plus d'injustice. En mémoire de votre affranchissement, vous prierez parfois pour l'âme de votre défunt maître, – et pour la vie de cette innocente, ajouta-t-elle en posant la main sur la tête de sa fille. Où est Savéli ? N'est-ce pas lui qui nous a sauvées ?

Savéli s'approcha, non sans répugnance.

– Je t'ai fait venir une petite image de saint Serge, lui dit-elle ; tu la conserveras en mémoire de ta belle action, avec ma bénédiction et celle de l'enfant.

Elle fit le signe de la croix avec la petite image sur la tête de Savéli incliné. Celui-ci, horriblement pâle, regardait la dame qui lui tendait l'image.

– Prends donc, lui dit-elle.

Iéréméï lui donna un léger coup de bâton dans les jambes. Savéli tressaillit, se redressa vivement, saisit l'image, la baisa, baisa la main de la donatrice, puis se hâta de rentrer chez lui. Iéréméï l'avait suivi.

– Imbécile, dit le vieillard, tu as failli nous vendre.

Savéli secoua la tête : – C'était plus fort que moi, dit-il. Quand je l'ai entendue me parler de ma belle action, et me bénir encore, au nom de l'orpheline...

– Laisse donc, il n'en manque pas, chez nous, d'orphelins, et grâce à qui ?

– Oui, oui, on sait cela, mais tout de même ça m'a donné un coup...

Iéréméï haussa les épaules : – Si tu devais t'en repentir, il ne fallait pas le faire.

– Je ne m'en repens pas ! s'écria Savéli, les yeux étincelants. Je recommencerais tout de suite ; mais l'orpheline... Enfin, elles s'en vont, j'en suis bien aise ; j'aime mieux ça.

– *Amen !* dit le vieillard en frappant avec son bâton sur le plancher de la cabane.

Chapitre XV

Depuis la mort de sa fille, Iérémeï, de tout temps peu communicatif, était devenu de plus en plus insociable ; il maigrissait tous les jours et semblait se dessécher. Un beau matin d'hiver, on le trouva mort sur son poêle dans sa cabane. Cette mort n'étonna personne : on l'enterra, et tout fut dit.

Le grand carême tirait à sa fin, lorsque parmi ceux qui venaient se confesser pour les Pâques, le prêtre vit un jour s'approcher Savéli. L'année précédente, à pareille époque, il était absent, ce qui avait tourné la difficulté ; mais un vrai Russe ne peut manquer deux années de suite à ses devoirs de chrétien. Le jeune homme se présentait d'un air d'assurance ; cependant ses mains s'agitaient nerveusement à son côté et trahissaient plus d'émotion que son visage n'en laissait paraître. Sans affectation, le prêtre le garda pour la fin.

Quand ils furent seuls dans l'église, Vladimir Alexiévitch se leva de son fauteuil, alla tirer le verrou de la porte et revint s'asseoir. La nuit tombait ; les lampes des images et quelques cierges allumés par les fidèles éclairaient faiblement l'église :

– Agenouille-toi, dit le prêtre à Savéli. – Celui-ci obéit. – Commence ! dit le confesseur, sérieux et absorbé.

Savéli déroula le chapelet de ses peccadilles ; le prêtre l'écoutait sans l'interroger. Le jeune homme se tut.

– Après ?... fit le ministre du Seigneur.

– Après ?... balbutia Savéli, après ?... Rien.

– Rien ? s'écria le confesseur. – Et, se levant, il étendit sa main droite vers le jeune homme comme pour le foudroyer. – Et le meurtre ?

– Vous savez ?... fit Savéli, dont l'œil lança un éclair de colère aussitôt étouffé.

– Dieu sait tout ! répondit le prêtre en se rasseyant. Raconte ton crime, dis tout, de peur que le Dieu des vengeances ne te frappe au pied de son autel que tu profanes ! Couvert de sang, tu te présentes ici et tu oses mentir devant ton juge ! Tremble ! Dieu a foudroyé, devant l'arche sainte, des coupables moins criminels que toi !

Savéli, à genoux, fondit tout à coup en larmes.

– Eh bien ! oui, c'est vrai, j'ai tué le maître... Mais, vous savez, s'il l'avait mérité !

– Je suis le Dieu de la vengeance, – la vengeance n'appartient qu'à moi seul ; – tu ne tueras point.

Ces trois phrases tombèrent sur la tête du coupable comme trois coups de hache ; puis un silence suivit, interrompu par les sanglots du pénitent.

– J'ai tué, dit-il enfin, c'est vrai : que Dieu me le pardonne. Il m'avait pris ma Fédotia, je n'ai pas pu le supporter. Ma Fédotia, c'était ma fiancée, je l'aimais depuis longtemps, elle était toute jeune, elle était belle, nous aurions été heureux ensemble... alors je l'ai tué, – non pas moi seul, mais...

– Ne parle pas des péchés des autres !

– Je l'ai tué..., et nous l'avons brûlé pour qu'on ne s'aperçût pas du meurtre. Pardonnez-moi, Seigneur, gémit Savéli prosterné, frappant la terre de son front.

– Te repens-tu, au moins ? dit le prêtre toujours sévère.

Savéli releva la tête, regarda le confesseur et hésita.

– Te repens-tu ? répéta celui-ci.

– Non, dit-il, si la même chose pouvait arriver deux fois, je recommencerais.

Le prêtre se leva : – Maudit ! fit-il d'une voix profonde, tu mets au défi la miséricorde divine ! Repens-toi sur l'heure, ou crains la colère du ciel ! Il est là, celui que tu as tué, là !... – le prêtre indiquait du doigt la dalle du caveau où reposaient les Bagrianof, – ne crains-tu pas qu'il ne se lève et ne vienne t'accuser devant Dieu ?

Savéli, frissonnant, recommença à frapper la terre du front.

– Pardonnez-moi, Seigneur, s'écria-t-il en multipliant les signes de croix, pardonnez-moi mes péchés, et recevez-moi dans votre miséricorde.

Le prêtre vit qu'il ne fallait pas trop exiger. Savéli s'efforçait de se repentir, c'était assez. Le temps et l'âge, mieux que tout le reste, apporteraient la contrition à cette âme insoumise, si jamais elle devait la connaître. Il donna l'absolution à Savéli, qui le remercia avec effusion, et sortit de l'église avec lui. La nuit était venue ; la

Chapitre XV

petite lampe du tabernacle brûlait seule dans l'église. Savéli, après avoir souhaité le bonsoir au prêtre, se retourna et regarda cette lumière qui filtrait à travers les fenêtres grillées. Bagrianof était bien enfermé dans la tombe, il n'en sortirait pas pour l'accuser... Et si pourtant il allait se lever et venir à lui, riant encore de son rire sardonique...

– Je le tuerais ! grommela le pêcheur insoumis. Il fit le signe de la croix et rentra chez lui.

Aux premiers beaux jours, il réunit tout son avoir et se remit au colportage. Chaque année, il revenait deux fois, et se reposait au village pendant quelques semaines. À l'un de ses retours, il se maria. Les affaires toujours croissantes lui permettaient désormais d'avoir des marchandises à domicile et de profiter des occasions pour acquérir à propos. Il lui fallait une maison bien tenue. Il épousa une fille du village, blonde et fraîche, un peu sotte, – juste ce qui lui convenait, – et continua son commerce de colporteur qui accrut d'année en année sa fortune jusqu'à faire de lui l'un des plus riches du village. Il eut de nombreux enfants : un seul vécut, c'était son premier-né, un fils qu'il se mit à adorer, sous une apparence bourrue et sévère.

Au village, tout avait prospéré. Le prêtre, dont la famille s'accroissait plus vite que les revenus, pensait parfois que jamais crime n'avait porté bonheur comme celui qui avait délivré Bagrianovka. Il songeait alors au passé, à la clémence divine, et se disait que peut-être le meurtre était expié d'avance, tant ces pauvres gens avaient souffert.

Chassé des environs par la rapacité ou seulement l'incurie des propriétaires moins soucieux de voir leurs paysans s'enrichir que de toucher exactement leurs redevances, le commerce se réfugiait dans ces sortes de petites républiques ; là, pourvu qu'il ne portât pas atteinte aux lois et usages de la commune, chacun pouvait faire de son temps et de son argent l'emploi qui lui plaisait. Bientôt à Bagrianovka, on fit du pain blanc ! Une auberge étala son bouquet de sapin. Les femmes se mirent à tisser de la dentelle. L'aisance relative devint générale et les pères, en mourant, purent se dire que leurs enfants seraient plus heureux qu'eux-mêmes, chose qui ne s'était pas vue depuis Boris Godounof.

Les années s'écoulèrent. Le fils de Savéli grandissait ; un beau jour son père l'appela : – Écoute, lui dit-il, tu vas avoir huit ans, tu as assez couru nu-pieds dans la boue ; je veux que tu sois un homme instruit comme les seigneurs. J'ai de l'argent, Dieu merci, et je porterai la balle dix ans de plus, s'il le faut, mais tu seras autant qu'un seigneur. Ils disent, là-bas, dans les villes, que c'est l'instruction qui est la véritable noblesse ; et bien, sois tranquille, tu en auras de la noblesse ! J'ai bien appris à lire n'étant plus jeune, moi ; j'avais trente ans passés ! Tu apprendras tout ce qu'on peut apprendre pour de l'argent. Tu partiras avec moi la semaine prochaine.

– Comment, emmener le petit ? s'écria la mère en larmes.

– Tais-toi, femme, dit Savéli avec l'autorité du père de famille. Il faut que notre fils soit autant qu'un seigneur, et plus si c'est possible. J'ai dit !

Après un an ou deux de préparation, le petit Philippe Savélitch entra dans un établissement scolaire de Moscou, et bientôt il devint un des meilleurs élèves de l'école.

Son père venait souvent le voir. Vêtu de son cafetan de drap, chaussé de grosses bottes, il arrivait au parloir, faisait venir son fils, et, les yeux fixés sur le programme de l'année, l'interrogeait sur tout ce qu'il avait appris, sans lui faire grâce d'un détail.

Il fallait que l'enfant répondit vite et avec assurance. Savéli avait l'air si convaincu en accomplissant ce devoir paternel, que Philippe parvint à l'âge d'homme sans se douter que son père ne savait absolument rien.

Quand Philippe eut terminé ses classes et qu'il eut obtenu la médaille d'or à la sortie, son père l'emmena à la campagne. Depuis le commencement de ses études, le jeune homme n'était jamais retourné au village. Bagrianovka vit arriver un beau garçon de dix-huit ans, tout en longueur, comme une plante poussée dans une cave, avec un visage intelligent où deux grands yeux foncés parlaient, trop clairement peut-être, de longues veilles et d'études assidues.

L'émancipation était venue pour tout le monde, et bien des idées nouvelles avaient germé dans les cerveaux les plus arides : aussi le jeune Philippe se trouva-t-il tout de suite à l'aise dans le village et l'isba paternelle. Les dix années de son séjour à Moscou n'avaient pu détruire en lui l'instinct rustique, fruit de nombreuses générations. Ce qu'il avait désiré, pleuré parfois, lorsque, les jours d'été, assis à la fenêtre de sa chambre étroite, il regardait les étoiles s'allumer au ciel pâle, pendant que les tilleuls lui envoyaient leur arôme alanguissant, c'était la large rivière bleue, où la lune laissait flotter son sillage ; c'était le rucher plein d'abeilles au bord du bois ; c'était la grande forêt, avec sa senteur vigoureuse et pénétrante... La cabane noire où l'on montait par un escalier branlant ; les bancs de bois où il s'étendait pour dormir ; la nourriture frugale, la pauvreté campagnarde, qui ignore le luxe au point de ne pas lui laisser de place s'il voulait s'introduire en cachette, tout cela lut parut doux et charmant.

– Mon père a beau vouloir faire de moi un seigneur, se disait-il le soir en rêvant aux étoiles, je pourrai être un savant, mais je ne serai jamais qu'un paysan.

Chapitre XVI

Savéli avait attendu avec inquiétude ce que dirait son fils en entrant dans son pauvre logis, au sortir du confort relatif de sa vie d'écolier. Voyant que Philippe ne disait rien, il se décida à l'interroger. Assis sur le banc de bois devant sa maison, il fumait sa pipe, un soir, pendant que le jeune homme roulait sa cigarette. – Eh bien ! fit-il en regardant devant lui, comment te plaît notre maison ?

– C'est délicieux, mon père, répondit Philippe en souriant ; c'est tout juste comme autrefois ; il me semble encore que je ne suis qu'un petit garçon, et que je vais me remettre à courir avec les autres pour ouvrir la porte du village aux chariots qui vont chercher le foin.

Le père garda un instant le silence.

– Tu ne trouves pas, reprit-il, la maison trop petite et trop noire, nos habits trop sales et trop simples ?

– Oh ! mon père, pouvez-vous penser !...

Savéli posa le doigt sur la manche du jeune homme : la jaquette, comme le costume tout entier, était d'un léger drap d'été, tel qu'il convient à un jeune homme qui vient de quitter l'uniforme du gymnase pour l'habit bourgeois.

– Toi, dit le père, tu as des habits *allemands*, et nous autres nous portons le costume des paysans, des marchands tout au plus ; mon cafetan est vieux et râpé, ta mère porte un sarafane, cela ne te choque pas ?

– Je vous demande pardon, mon père, répondit timidement le jeune homme, qui se méprit à la question ; j'aurais dû comprendra que ces dons que vous m'avez faits ne sont pas de mise ici ; je les porterai à la ville. Avec votre permission, dès demain je reprendrai la chemise et les larges braies, – comme un brave gars de village que je suis, ajouta-t-il en souriant.

Savéli fronça le sourcil pour déguiser l'émotion qui l'avait pris à la gorge. Il se tut un instant et reprit : – Non, garde tes habits, ce n'est pas ce que je voulais dire. Nous en reparlerons. Qu'est-ce que tu veux être ? lui demanda-t-il. Parle franchement. J'ai porté la balle longtemps après que nous avions déjà de quoi vivre, pour te donner une éducation ; je suis encore fort et actif, je puis continuer. Si tu veux devenir un savant et entrer à l'université, tu peux le faire ; je payerai pour toi. Si tu vois une autre profession qui te plaise, dis-le ; pourvu qu'elle soit honorable et qu'avec le temps elle fasse de toi un seigneur, c'est tout ce que je te demande.

Touché de tant de bonté facile dans ce père à l'extérieur si rude, le jeune homme baisa respectueusement la main calleuse qui reposait sur les genoux de Savéli.

– Eh bien, fils, que dis-tu ? continua celui-ci toujours impassible.

– J'ai souvent pensé à cette question, mon père, répondit Philippe, je me suis dit qu'avec votre permission j'aurais voulu être arpenteur. J'aime les mathématiques, la profession est chez nous pour ainsi dire à l'état d'enfance...

– Arpenteur... ceux qui mesurent les champs avec des piquets et de petites bouteilles en cuivre où il y a de l'eau ?...

– Précisément, mon père.

– Qu'est-ce que tu peux trouver d'agréable à cela ? fit le père d'un air dédaigneux ; il me semble qu'il n'est pas nécessaire d'avoir fait de belles études pour mesurer les champs...

Philippe n'avait jamais soupçonné l'ignorance de son père, si strict dans l'exécution du programme scolaire, si précis dans l'examen des bulletins. Il le regarda avec un sentiment tout nouveau, où le respect certes n'avait pas diminué : cet homme qui ne savait rien avait surveillé ses travaux pas à pas, comme eût pu le faire un maître d'études... Quelle tension de volonté, quelle puissance sur lui-même ce père avait dû exercer pour ne pas se trahir ! Philippe sentit qu'il aimait son père : il l'avait craint jusque-là.

– Eh bien ? réponds, dit Savéli entre deux bouffées de fumée.

– Voyez-vous, mon père, c'est une position qui mène à tout : ayant eu le médaille d'or au gymnase, je puis obtenir une place tout de suite ; en continuant les mathématiques, je pourrais devenir un employé du cadastre, puis avec le temps un savant, un géomètre...

– Cela te plairait ? demanda le père, sensible à l'idée que son fils pouvait avoir une place tout de suite, et par conséquent devenir quelqu'un sans plus de retard.

– Oui, mon père, si vous y consentez, c'est ce que j'aimerais par-dessus tout.

Savéli fuma en silence pendant une minute qui parut longue à son fils. – Soit, j'y consens, dit-il enfin. Tu me diras ce qu'il faut faire, et je le ferai.

Le jeune homme se leva et se prosterna devant son père à la manière des paysans. Un autre se fût borné à le saluer ; Savéli fut touché de cette observation des vieilles coutumes. Il déposa sa pipe, bénit son fils et se remit à fumer sans mot dire.

Philippe, radieux, alla promener sa joie au dehors ; il prit, sans s'en apercevoir, le chemin de la rivière, et se trouva bientôt en face de la ruine. Les pariétaires et les folles avoines croissaient sur le soubassement de briques, dans un peu de terre apportée là par les vents.

De jeunes pousses de bouleaux grandissaient dans les fentes, disjoignant petit à petit les vieilles pierres calcinées ; le vent du soir passait sur toute cette végétation, et la faisait frissonner avec un petit bruit doux et furtif. Le jeune homme sentit sa joie se voiler d'une douce pitié pour ceux qui avaient vécu là. La sombre légende de Bagrianof avait laissé peu de traces dans sa mémoire ; ce qu'il se rappelait le mieux, et encore bien vaguement, c'était la dame et sa petite fille ravies aux flammes par un paysan ; il lui sembla se souvenir que ce paysan s'appelait Savéli... ce devait être son père... Il se promit de le lui demander.

Comme il faisait le tour de la ruine, il vit le prêtre qui traversait la place, et le rejoignit en trois enjambées. Le père Vladimir était désormais un homme à barbe grise ; des boucles argentées se mêlaient à ses cheveux châtains ; l'âge l'avait voûté, mais son œil, toujours intelligent, bien qu'un peu terni, prouvait bien que la vie de l'âme, qui sommeillait en lui, se réveillerait au moindre choc. La présence du jeune homme le tira de son engourdissement ; il lui tendit la main avec un sourire de vingt ans plus jeune que son visage.

– Où étiez-vous ? lui dit-il, je ne vous avais pas vu.

– J'examinais les restes de l'ancienne maison, répondit Philippe. Je suis parti d'ici tout petit, et je n'ai jamais bien su cette histoire. N'était-ce pas mon père qui a sauvé ces dames ?

Le prêtre regarda Philippe avec un mélange de surprise et de pitié.
– C'était votre père, en effet, et aussi un vieux domestique nommé Timothée.

– Où est-il, ce Timothée ? J'aurais bien voulu connaître la part de mon père dans cette aventure. Savez-vous qu'il est très bon, mon père ? Je ne sais pourquoi je m'étais imaginé qu'il était dur...

– Timothée est mort ! répondit le père Vladimir en se dirigeant vers la cure.

Le jeune homme lui prit doucement le bras, et lui fit rebrousser chemin vers la ruine. Après une courte hésitation, le prêtre se laissa faire.

– C'est fâcheux que Timothée soit mort, continua Philippe en suivant son idée ; mais vous pouvez me dire la part de mon père dans cette belle action, n'est-ce pas, père Vladimir ? Vous étiez ici dans ce temps ?

– Oui, répondit le prêtre.

– Racontez-moi tout cela, je vous en prie.

Ils faisaient le tour de la ruine ; le père Vladimir s'arrêta à l'angle de droite, du côté de la rivière. – C'était ici, dit-il. Après avoir sauvé la dame et l'enfant, il retourna dans les flammes une troisième fois pour sauver Timothée.

– Mon père a fait cela ? s'écria Philippe enthousiasmé. Retourner trois fois dans la fournaise, c'est digne des légendes, père Vladimir, n'est-ce pas ?

Chapitre XVI

Le prêtre fit un signe affirmatif.

– Et modeste avec cela ! continua Philippe, s'animant de plus en plus. Il ne m'en a jamais parlé. Comme je vais le surprendre ! Je vais lui dire...

– Ne faites pas cela ! dit le prêtre eu posant sa main sur le bras du jeune homme et le retenant. Votre père ne veut pas se souvenir du temps du servage. Il ne faut jamais lui en parler, jamais, entendez-vous ?

– Pourquoi ? demanda Philippe stupéfait et un peu contristé.

Le prêtre hésita : son rôle était vraiment difficile. Il continua cependant. – Le dernier seigneur, Bagrianof, était un méchant homme, votre père spécialement eut beaucoup à souffrir de sa cruauté ; vous lui causeriez une peine extrême en lui laissant deviner que vous savez quelque chose à ce sujet...

– Quoi ! me taire ! ne pas lui dire que je connais sa belle conduite ? Je l'adore, mon père.

– Aimez votre père, mon enfant, dit le prêtre de sa voix mélancolique. L'amour des enfants est la couronne de la vieillesse des parents.

Pendant les jours qui suivirent, Philippe eut grand-peine à se contenir : vingt fois il eut envie de parler, malgré la défense du prêtre ; il jetait sur son père des regards pleins de tendresse émue.

– Je sais bien ce que tu as, pensait celui-ci : tu es content que je te laisse faire ce qui te plaît.

La mère, interrogée, réitéra la défense du prêtre. Toute jeune femme, elle avait essayé de parler à son mari des anciens seigneurs et de l'incendie : – elle tremblait au seul souvenir de la terrible colère qu'elle avait inconsciemment provoquée. Philippe garda en lui le trésor d'amour et d'enthousiasme que ses dix-huit ans avaient voué à son père.

Bientôt le jeune homme quitta le village ; six mois après, il était attaché au cadastre, et se plongeait à ses heures de loisir dans les délices abstraites des mathématiques.

Chapitre XVII

Le printemps qui suivit fut une époque mémorable dans les fastes de Bagrianovka : Savéli se fit construire une maison neuve. Un beau jour, le village vit arriver des charpentiers et des ouvriers de la ville qui se mirent au travail avec une prestesse bien rare ; les poêles s'élevèrent comme par enchantement au milieu des murailles de buis, et, en quelques semaines, une maison d'apparence presque seigneuriale, construite sur un soubassement de briques, avec un perron sur la façade et un étage au-dessus du rez-de-chaussée, se dressa au bord de la rivière.

Lorsque le jeune arpenteur vint passer au village ses six semaines de congé, il fut bien étonné de voir son père qui l'attendait auprès du petit bois, à un quart de lieue du village : depuis trois jours, Savéli venait s'asseoir là sur une motte ce terre, et attendait son fils pour lui faire la surprise de sa nouvelle demeure. Il monta dans la télègue qui ramenait le jeune homme, et dirigea le cocher vers la rivière.

Philippe ne put en croire ses yeux en voyant sur le perron de la maison neuve sa mère coiffée d'un mouchoir de soie, vêtue d'une robe « allemande » de soie de Moscou et étouffant dans sa lourde *douchagréika*, ou paletot de damas ouaté.

– Voilà, dit Savéli quand son fils fut entré dans la belle salle à manger spacieuse, où le samovar de cuivre rouge étincelant fumait sur la table recouverte d'une riche nappe damassée, de celles qu'on tissait au village sur d'anciens dessins pris on ne sait où, – voilà la demeure que je t'ai préparée. Tu seras un seigneur : il te fallait une maison. Ta mère a revêtu les habits d'une marchande, comme il convient ; – moi je garde mon cafetan ; – mais toi, tu seras logé comme un seigneur. Regarde, ajouta-t-il en ouvrant la porte d'une belle chambre à coucher meublée à l'européenne.

Philippe restait ébahi ; son père le surveillait de côté, d'un air impassible ; sa joie ne se trahissait que dans les petites rides frémissantes du coin de l'œil.

– C'est trop beau, père ! s'écria enfin le jeune homme. Vous avez fait tout cela pour moi ! Vous avez renoncé à vos habitudes, vous avez quitté la chère petite isba..

Chapitre XVII

– Tu l'aimais ? fit le père d'une voix contenue.

– Je crois bien, que je l'aimais ! Et tout cela, c'est pour moi ?

– C'est pour toi quand tu seras devenu un seigneur. Tu te marieras avec une demoiselle, pas avec une paysanne, dit-il.

Le fils de Savéli était véritablement touché de cette marque d'amour autant que d'orgueil paternel. Il sentait que sa mère devait étouffer dans ces beaux habits, revêtus pour faire honneur au fils citadin ; il comprenait ce que chaque sou, dépensé pour la construction de cette maison soignée dans sa simplicité, avait coûté au colporteur de longues marches dans la neige mal tassée, ou sous le soleil de juillet.

– Vous êtes donc bien riche, mon père ? dit involontairement Philippe.

– Sois tranquille, après moi tu en trouveras encore ! répondit Savéli en allumant son inévitable pipe de caroubier. Je ne fais plus que du gros commerce ; je commence à ne plus tant aimer les grandes routes. Je me suis mis à vendre du beurre, du blé, tout ce qui se vendait mal au village. J'ai fait connaissance avec des marchands de Moscou. On ne t'a pas parlé, là-bas, en ville, de quelque chose qui va se faire ici ?

– Non, mon père, je ne sais pas, dit Philippe, cherchant dans sa mémoire... Ah ! si, on pense que le chemin de fer va passer tout près, – vous aurez le pont à deux verstes d'ici.

Savéli cligna de l'œil.

– N'en dis rien au village, n'est-ce pas ? Ils sont enragés contre les chemins de fer, ce n'est pas la peine de les contrarier. Quand il sera fait, on sera bien forcé de s'y accoutumer ; il y aura une station, hein ?

– Je ne sais pas, dit le jeune homme.

– Eh bien ! tâche de le savoir : je le crois, moi, qu'il y aura une station. Bagrianovka est un grand village maintenant. C'était si pauvre autrefois... ajouta Savéli à demi-voix, comme se parlant à lui-même.

– Du temps de Bagrianof ?

Savéli regarda son fils d'un air à la fois craintif et mécontent.

– Du temps de Bagrianof, oui, répéta-t-il en rencontrant le regard placide et le franc sourire de Philippe.

Celui-ci n'osa cependant pas s'aventurer plus loin. Ce que Savéli ne disait pas, c'est qu'il avait passé des contrats avec la plupart des paysans de l'endroit et des environs pour la totalité des produits agricoles qu'ils pourraient lui fournir. Le passage d'une voie ferrée à Bagrianovka devait faire de lui un des plus riches négociants du district. Savéli partit avec son fils pour Moscou ; il fit tant et si bien que Philippe fut employé par la compagnie sur la partie du tracé qui avoisinait son village, et la station que Savéli demandait se trouva appuyée de si bonnes raisons qu'elle lui fut accordée.

Les gros bourgs et même les villages ne sont pas assez fréquents en Russie sur les grandes voies de communication, pour qu'on néglige ceux qui demandent la rosée céleste, sous l'humble forme d'une station de troisième classe.

Vers la fin de l'hiver, pendant qu'on commençait à voir se dessiner la ligne du chemin de fer, une autre nouvelle arriva à Bagrianovka : la vieille dame allait revenir ! La compagnie concessionnaire lui avait pris une partie de sa terre, et elle venait s'assurer par elle-même de ce qui était fait et à faire. Seulement, comme elle n'avait pas d'asile, – les communs mêmes étant tombés en ruine pendant ce quart de siècle, – on lui bâtit une maison dans son jardin, un peu plus bas que l'ancienne : les fenêtres regardaient toutes du côté de la rivière, et un sentier fut tracé pour aller à l'église sans côtoyer la ruine. Cette maison, très simple, bâtie en rondins, était plus petite et moins élégante que celle de l'ancien colporteur.

Au commencement de l'été, les habitants de Bagrianovka virent arriver une barque qui s'arrêta au bout du jardin. L'eau, encore haute, venait presque jusqu'à la palissade : on n'eut pas de peine à transporter jusqu'à la nouvelle maison les meubles que contenait la barque. Une foule de plantes à feuillage persistant, de cactus, de rosiers, de fleurs brillantes ou parfumées, suivirent les meubles, et tapissèrent le petit salon ; puis, quelques jours après, une vieille calèche déposa devant le perron madame Bagrianof et une toute jeune fille.

Depuis vingt-quatre ans, madame Bagrianof n'avait presque pas changé. Les yeux étaient un peu plus ternes, les cheveux étaient tout à fait blancs ; mais le pauvre visage portait la même expression lasse et résignée qu'on lui avait connue autrefois.

Chapitre XVII

La vie ne lui avait pas été clémente. Après quelques années de repos passées à élever son enfant, une préoccupation nouvelle lui était venue : un jeune officier de l'armée, son parent éloigné, et qui venait souvent dans la maison, s'était soudain épris de la petite Marie. Les jeunes gens s'aimaient, la mère consentit au mariage en pleurant.

Dix-huit mois après, la pauvre jeune femme s'éteignait, laissant à sa mère désolée une petite fille de trois mois, si frêle et si chétive, que nul n'eût osé lui prédire huit jours d'existence.

C'est pour prolonger cette vie toujours vacillante que madame Bagrianof retrouva les forces et recommença le dévouement de sa jeunesse. Elle fut grand-mère comme elle avait été mère, de toutes ses forces, et elle oublia de pleurer sa fille en veillant l'enfant qu'elle lui avait laissé.

Ce fut quelques années après, lorsque la petite Catherine eut vaincu les maladies de l'enfance, lorsque ses joues commencèrent à se roser et ses yeux à pétiller de malice juvénile, que madame Bagrianof songea à ce qu'elle avait perdu. Le deuil éternel de son cœur lui laissa une empreinte de mélancolie indélébile, et l'enfant prit l'habitude de ne plus rire et de jouer bien doucement auprès de la vieille dame, silencieuse et résignée.

Catherine puisa près de sa grand-mère des habitudes de sérénité un peu triste, – quelque chose comme le gris teinté de rose des soirs d'automne, quand, après une belle journée de soleil, on sent la gelée monter à l'horizon. Elle grandit doucement, apprenant sans effort les vertus domestiques, adorant son père, qu'elle voyait en moyenne dix jours par an, et qui trouvait moyen de s'échapper du régiment de temps à autre pour l'embrasser.

Elle avait quinze ans lorsqu'elle vint à Bagrianovka avec sa grand-mère. Sans être très grande, elle était mince et allongée ; ses petites mains rouges, ses petits pieds agiles étaient toujours affairés ; sans bruit et sans apparat, elle était toujours occupée, – le plus souvent à soigner ses plantes, qu'elle adorait, qu'elle avait presque toutes élevées elle-même ; à peine descendue de voiture, son premier mot fut pour ses fleurs.

Le prêtre attendait madame Bagrianof sur le seuil. À sa vue, la pauvre femme ne put retenir ses pleurs ; elle se jeta avec effusion au cou de l'excellent homme, qui pleurait comme elle. La femme du prêtre, entourée d'une demi-douzaine d'enfants de tout âge, vint la saluer aussi, et on passa dans le salon pour prendre le thé.

— Vois, grand-mère, s'écria Catherine, elles y sont toutes ! Il n'y a qu'un cactus qui a péri pendant le voyage, et le père Vladimir, qui l'a vu à l'arrivée, dit que c'est pour avoir été trop arrosé.

— Je vois que le père Vladimir et toi vous allez être bons amis, répondit madame Bagrianof en souriant.

— Ah ! dit-elle au prêtre, que de souvenirs et que de malheurs !

— Ne pensez plus au passé, ne songez plus qu'à ce grand bonheur qui grandit auprès de vous.

Madame Bagrianof s'essuya les yeux et regarda sa petite-fille. Les fenêtres grandes ouvertes laissaient entrer les parfums du jardin, où les gazons venaient d'être fauchés. Un rayon du soleil, enfilant la sombre avenue, éclairait Catherine penchée sur un fuchsia rouge en pleine floraison. Ses cheveux blonds, frisottant sur le front et sur la nuque, étaient traversés par la lumière et faisaient une sorte de vapeur autour de sa tête. Ses longs cils châtains dessinaient sur sa joue la courbe gracieuse de la paupière. La bouche, un peu forte, entrouverte comme une corolle, souriait légèrement aux fleurs épanouies. Fleur elle-même, à demi épanouie encore, Catherine ressemblait à une rose de haies, rougissante sur son buisson.

— C'est un jeune bonheur, en vérité, murmura l'aïeule.

— Elle est jolie, répondit doucement le prêtre, et elle a l'air bon.

— Oui, c'est une bonne enfant... Ah ! mes pauvres yeux ! Imaginez-vous que je ne la vois que comme à travers un voile ! Je serai bientôt aveugle... ajouta tristement la vieille dame.

— N'y songez pas, cela ne sert à rien ; Dieu aura pitié de vous... Et puis n'aurez-vous pas les deux yeux de l'enfant ?

L'aïeule secoua tristement la tête. Catherine vit qu'elle était triste, et vint l'embrasser. Placée derrière elle, les deux bras sur les épaules de sa grand-mère, elle s'arrêta un instant, prenant possession par le regard de tout ce qui l'entourait...

— C'est joli, ici, dit-elle : nous y seront parfaitement heureuses, n'est-ce pas, grand-mère ? Et Catherine, s'asseyant tout contre le fauteuil de madame Bagrianof, se mit à servir le thé.

Chapitre XVIII

Vers la fin de juillet, Philippe vint voir ses parents. Son père était absent ; aussitôt après l'installation des meubles de madame Bagrianof, Savéli était parti pour la ville, prétextant des affaires importantes, mais en réalité pour ne pas se trouver face à face avec la veuve. Dès le premier jour, après quelques heures consacrées aux épanchements maternels, il alla voir le père Vladimir, son grand ami, avec lequel il causa longuement.

Comme il s'approchait de la fenêtre, Philippe aperçut Catherine au bout de l'allée. Vêtue d'une robe blanche toute simple, elle revenait des champs, son grand chapeau de paille suspendu à son bras et plein de fleurs sauvages. Un gros chien bondissait joyeusement autour d'elle.

– C'est la petite-fille de madame Bagrianof ? demanda le jeune homme.

– Oui, répondit le prêtre.

– Est-elle jolie ? dit le jeune homme avec un vague battement de cœur.

Cette jeune fille, revenant au domaine de ses ancêtres si longtemps après une catastrophe, avait pour lui quelque chose de romanesque et de mystérieux.

– Elle est jolie, répondit le père Vladimir, et elle est bonne.

– Quel âge a-t-elle ?

– Quinze ans et demi, je crois.

Et le prêtre retomba dans sa méditation. Le soleil allongeait de plus en plus ses rayons, qui rasaient presque le gazon : la terre semblait flotter dans un nuage d'or rougi. Prétextant la fatigue, Philippe prit soudainement congé du père Vladimir, et s'en alla vers sa maison. Arrivée au bout de l'avenue, il s'assura que le prêtre ne le voyait plus et prit la route extérieure qui conduisait à la rivière en longeant le jardin.

Il marchait lentement, les yeux à terre en apparence, mais en réalité regardant du coin de l'œil la maison nouvellement bâtie, dont les fenêtres débordaient de verdure. Une robe blanche se montra à l'intérieur, une tête blonde avec deux yeux lumineux apparut parmi les branches fleuries et disparut aussitôt.

– Grand-mère, dit Catherine, voilà un jeune homme qui passe sur le chemin.

– Un paysan ? demanda madame Bagrianof.

– Non, un jeune homme de la ville, probablement.

– Ah ! j'y suis, répondit l'aïeule : ce doit être le fils de Savéli. C'est un arpenteur ; on dit qu'il est bien élevé. Appelle-le.

Philippe continuait sa promenade à tout petits pas ; il avait entendu les paroles de Catherine, celles de la grand-mère lui avaient échappé. La tête de la jeune fille reparut à la fenêtre.

– Monsieur ! cria-t-elle.

Philippe se retourna. À la vue de ce beau visage intelligent, de ces grands yeux fiers qui l'interrogeaient, Catherine perdit contenance.

– Je vais le chercher, dit-elle, et elle sortit de la maison.

Elle arriva en courant jusqu'à la haie qui fermait le jardin. Philippe l'attendait. Quand elle fut près de lui, tout essoufflée, elle saisit la palissade à deux mains ; sa robe blanche traînait derrière elle sur le gazon.

– Monsieur, dit-elle, vous êtes le fils de Savéli ?...

Elle s'arrêta. Nommer cavalièrement par son nom de baptême le père d'un si beau jeune homme était bien difficile ; mais elle n'en savait pas plus long.

– Philippe Savélitch Pétrof, à votre service, répondit le jeune homme en s'inclinant légèrement.

– Ma grand-mère désire vous voir, ajouta-t-elle timidement.

Philippe salua et se dirigea vers la petite porte. Le soleil avait disparu ; la rivière coulait doucement avec de petites vagues brillantes ; le ciel était clair, légèrement voilé de vapeurs à l'horizon ; les dernières fleurs de tilleul répandaient dans l'air un vague parfum assoupissant. Une abeille attardée passa en bourdonnant auprès du jeune couple confus et troublé. Jamais Philippe ne s'était trouvé si près d'une autre femme que sa mère. Jamais Catherine n'avait éprouvé cet embarras à regarder un homme.

– Votre père a sauvé ma mère et ma grand-mère, dit Catherine, joyeuse d'avoir quelque chose d'agréable à dire à ce jeune homme si sympathique.

– Vous savez cela ? s'écria Philippe aussitôt rasséréné.

– Grand-mère me le répète tous les jours. J'ai su cela en même temps que mon nom, répondit-elle en riant ; venez vite. Grand-mère, le voici ! criait-elle en entrant.

Philippe parut sur le seuil. Sa haute taille frappa la vue affaiblie de madame Bagrianof.

– Savéli ?... dit-elle en hésitant.

– Non, madame, Philippe Savélitch.

– Comme vous ressemblez à votre père ! s'écria-t-elle. Votre père est absent, je n'ai pu le voir à mon retour. Je lui dois la vie : je ne l'ai pas oublié... Venez, mon enfant, recevoir la bénédiction d'une vieille femme reconnaissante.

Philippe s'inclina sous la main tremblante de l'aïeule.

– Asseyez-vous là, continua-t-elle, et parlons de votre père.

Philippe ne demandait pas mieux : madame Bagrianof dut entendre comment Savéli s'était enrichi par son travail, ce qu'elle savait déjà, et comment le colporteur ignorant avait élevé son fils. Elle admira, avec les deux jeunes gens, ce dévouement paternel, infatigable et désintéressé ; elle laissa s'épancher tout l'enthousiasme ardent et juvénile de Philippe, coupé par les exclamations de Catherine.

Le jour baissait, Catherine avait allumé deux bougies derrière sa grand-mère, pour ne pas lui fatiguer la vue ; activement et sans bruit, elle avait disposé tout l'attirail du thé. Tout à coup Philippe se trouva partageant le pain et le sel de l'hospitalité chez madame Bagrianof.

Celle-ci n'avait pas de préjugés aristocratiques, – extérieurement du moins : – en lui disant que Philippe, à éducation égale, valait une Bagrianof, et qu'il pouvait valoir mieux s'il était meilleur, on lui eût causé un étonnement sans bornes, mêlé d'un peu de pitié pour l'orateur ; mais il ne lui répugnait pas d'admettre à sa table le fils d'un paysan, pourvu que ce paysan lui eût sauvé la vie.

D'ailleurs, ce jeune homme bien élevé, qui parlait français mieux que Catherine, – la pauvre Catherine n'avait jamais été assez riche pour se donner le luxe d'une gouvernante française, – ce jeune homme n'avait rien du paysan russe. Il fallait vraiment un effort de mémoire pour se rappeler son origine. Madame Bagrianof ne fit point cet effort.

Philippe avait des journaux et des livres nouveaux : il prit l'habitude de venir, le soir, faire un peu de lecture à madame Bagrianof.

Au commencement, Catherine lisait ; mais un jour qu'elle était enrhumée, Philippe ayant offert de la remplacer, madame Bagrianof ne voulut plus d'autre lecteur.

– Il lit cent fois mieux que toi ! dit-elle à sa petite-fille. Écoute-le, pour lire ensuite comme lui.

Et Catherine écoutait. L'ouvrage qu'elle prenait toujours en commençant lui tombait bientôt des doigts. Le coude sur la table, la tête appuyée sur sa main, elle écoutait en regardant le jeune homme. Bientôt elle n'entendait plus les mots. Cette voix mâle et sonore avait pour elle une douceur extrême : la mélopée un peu traînante de la lecture, la richesse sans cesse variée de l'intonation et de l'accent russe la jetaient dans une sorte d'enchantement.

La fin de l'article, ou la voix de sa grand-mère, la réveillait de son rêve. Elle rentrait alors dans la vie, s'excusant de sa distraction avec un sourire timide adressé au jeune homme, qui répondait de même, – et la nuit, pour s'endormir, elle évoquait la lecture du soir ; mais elle ne se rappelait le plus souvent que les premières lignes : le reste était noyé dans la mélodie confuse de cette voix qui la charmait, et le sommeil venait, profond et délicieux, continuer la rêverie de la veille.

De son côté, Philippe emportait dans son cœur le souvenir de ce doux visage plein de candeur et de bonté, de ces grands yeux attentifs, de ce sourire furtif et presque honteux quand les regards des jeunes gens se rencontraient. Il sentait que la vie était pour lui désormais cette heure du soir auprès du fauteuil de la grand-mère, – avec Catherine assise près de la table, les yeux grands ouverts, et pourtant comme endormie.

Ce fut un déchirement pour lui que de retourner à ses travaux. Sous prétexte d'attendre son père, il dépassa le temps de ses vacances ; puis, quand il fallut se décider à partir. Il trouva moyen de se faire retenir encore un jour par madame Bagrianof, pour terminer une lecture commencée.

Quand le livre fut fini, quand le plateau de thé eut disparu, quand le coucou accroché à la muraille eut sonné neuf heures, Philippe sentit qu'il devait irrévocablement partir, et il se leva pour prendre congé de ses hôtesses.

– Il faudra que votre père vienne nous voir pendant que vous serez à la ville, dit madame Bagrianof. Dites-lui combien je lui ai voué de reconnaissance, dites-lui que je l'admire pour ce qu'il a fait pour vous... C'est un homme remarquable que votre père ! Vous le lui direz, n'est-ce pas ?

Philippe hésitait. Catherine comprit qu'elle ferait mieux de se retirer. Madame Bagrianof réitéra sa question.

– Excusez-moi, dit Philippe très embarrassé, je ne pourrai pas le lui dire... J'ai cru comprendre que mon père n'avait pas gardé de bons souvenirs de l'ancien régime... Il a défendu qu'on lui parlât de tout ce qui se rapporte au passé...

– Même de la belle action à laquelle nous avons dû la vie ?

– Même et surtout de cela, continua le jeune homme. Ceux qui le connaissent, – ma mère aussi, – m'ont défendu de faire la moindre allusion à ce temps... Je n'ai jamais eu la douceur de lui dire que je l'admire... ajouta Philippe avec regret, tout ému de toucher cette corde sensible de son cœur.

Madame Bagrianof garda le silence un instant.

– Je comprends cela, dit-elle lentement. Mon mari a eu de très... très grands torts envers votre père... plus grands que vous ne pouvez vous l'imaginer... Dieu pardonne cependant, ajouta-t-elle avec un peu d'amertume, mais les hommes ne pardonnent pas... Je vous remercie, jeune homme, de n'avoir pas épousé les rancunes de votre père, dit-elle avec une ombre de hauteur.

– Permettez, madame, balbutia Philippe troublé, je n'avais pas l'intention de vous offenser.

– Je vous comprends, mon ami, reprit madame Bagrianof revenant à son bon naturel : vous avez bien fait de me parler franchement. Je n'insisterai plus pour voir votre père franchir le seuil de cette maison ; mais vous qui n'avez pas les mêmes motifs...

– Je me considérerai comme trop heureux si vous voulez bien ne pas me bannir, dit Philippe en français.

Madame Bagrianof fut si touchée de l'accent et de l'élégance avec lesquels il prononça cette phrase, qu'elle lui tendit la main avec un aimable sourire.

Philippe sortit, le cœur gros de n'avoir pas pu dire adieu à Catherine. Il la trouva assise à terre, le long du mur de la ruine.

Elle l'attendait, rêveuse, un peu triste et fâchée de ne trouver à sa tristesse d'autre cause que le départ de ce jeune homme, inconnu si peu de temps auparavant. Elle se leva à sa vue.

Il faisait tout à fait nuit, mais le ciel était clair et les étoiles brillaient. La jeune fille était enveloppée d'un petit châle qu'elle avait relevé sur sa tête, à la manière des servantes russes.

– Adieu, Catherine Ivanovna, lui dit-il en s'inclinant devant elle.

– Vous m'avez reconnue malgré l'obscurité ? lui dit-elle tout heureuse.

– Certainement ! Est-ce qu'il y a quelqu'un qui vous ressemble ?

Catherine rougit, mais l'obscurité lui rendit l'assurance.

– J'étais partie parce que je pensais qu'il y avait quelque secret...

– Non, ce n'était pas un secret... ; mais le temps passé n'était pas bon pour nous autres paysans ; vous savez..., mon père a quelque rancune...

– Vous autres paysans !... répéta Catherine étonnée.

Puis, réfléchissant un peu :

– C'est vrai, ajouta-t-elle tristement.

– Quoi ?

– Que vous n'êtes pas de race noble.

– Eh bien ! Je n'en suis pas honteux, allez ! Je suis fier de mon père.

– Vous avez raison ! s'écria Catherine avec élan. Nous sommes pourtant de deux races ennemies... ajouta-t-elle avec un demi-sourire, en appuyant la main sur le soubassement de la ruine couronnée de fleurs sauvages.

– Il n'y a plus de races, Catherine Ivanovna ; il n'y a plus que des hommes, des frères qui doivent s'aimer entre eux, dit le jeune homme d'une voix sérieuse et profonde. Adieu, à l'année prochaine !

– À l'année prochaine ! répéta la jeune fille en baissant la tête.

Soudain elle dégagea sa main des plis de son châle et la tendit au jeune homme. Philippe la prit et la garda dans les siennes. Il avait envie de la porter à ses lèvres ; il n'osa, et resta immobile, craignant de rompre le charme !

– Non, répéta-t-il, nous ne sommes pas de deux races ennemies ; adieu, soyez heureuse !

Il laissa retomber la main de Catherine et prit le chemin de la maison.

– Tu n'as pas dit adieu à Philippe ? dit madame Bagrianof en voyant rentrer Catherine.

– Si, grand-mère : je l'ai rencontré comme il sortait, répondit-elle. Je suis bien fatiguée, je vais me coucher.

– Va, ma petite, répondit l'aïeule.

Catherine embrassa sa grand-mère et se réfugia dans sa chambre. Elle renvoya sa servante et se jeta sur son lit. Les larmes qu'elle contenait depuis un moment coulèrent sans qu'elle sût pourquoi, et bientôt le sommeil réparateur lui apporta en songe la douce musique de la voix de l'absent.

Chapitre XIX

À la ville, Philippe trouva son père qui ne paraissait pas pressé de retourner chez lui.

– Tu as vu les dames ? demanda Savéli à son fils.

– Oui, mon père.

– Est-ce qu'elles t'ont bien reçu ?

– Sans doute ; avec une amabilité sans égale ! répondit chaleureusement le jeune homme.

– C'est bien. C'est ainsi que ce devait être, répliqua Savéli, pensant en lui-même au mérite et à la bonne éducation de son fils.

Celui-ci attribua ces paroles au sentiment de noble orgueil que le souvenir du service rendu devait, à son avis, inspirer au colporteur. Jamais Philippe n'avait été si près de révéler à son père l'admiration dont il était rempli : le moindre geste, le moindre regard de Savéli eût délié la langue de son fils. Ce geste ne se fit point. Le jeune homme garda le silence, et Savéli, peu après, retourna au village.

La vie, pour Philippe, avait perdu son charme. L'étude des mathématiques seule avait encore de l'attrait pour lui ; en arrachant le jeune homme à ses rêveries, elle le retrempait dans ce courant des préoccupations impersonnelles sans lequel nul homme ne peut être fait de l'acier des batailles.

L'hiver s'avançait. À Noël, Philippe ne put y tenir. Poussé, se disait-il, par le désir de revoir son père, qu'il avait à peine entrevu cette année, mû en réalité par une impulsion inconsciente, il partit pour le village.

Aussitôt après qu'il eut rempli son devoir filial, il sortit pour aller voir le père Vladimir.

– Et les dames, tu n'iras pas leur faire de visite ? dit Savéli.

– Si fait, avec votre permission, répliqua le jeune homme en rougissant.

– Vas-y. Il est bon qu'elles voient que tu sais vivre tout comme un seigneur.

Heureux de la permission, Philippe courut sur-le-champ à la maisonnette. En entrant, il ne trouva personne pour l'annoncer ; hésitant, il mit la main sur le bouton de la porte... un pas léger s'approcha, et la porte s'ouvrit tout à coup. Un faible cri retentit, puis l'ombre de Catherine effarouchée se retira et lui laissa voir la chambre pleine de verdure, avec ses murs de poutres équarries, ses rideaux blancs soigneusement relevés, le fauteuil de l'aïeule près de la fenêtre, telle enfin qu'il l'avait quittée. Il entra.

– C'est vous, Philippe Savélitch, dit la voix de Catherine, plus douce, plus moelleuse qu'il ne l'avait encore entendue ; vous m'avez fait peur. Entrez ! Nous parlions de vous tout à l'heure.

Le jeune homme entra, fit ses compliments à madame Bagrianof, et se retourna pour mieux voir la jeune fille : elle avait disparu. Cinq minutes, qui lui semblèrent un siècle, s'écoulèrent, puis elle reparut, un nœud bleu dans ses cheveux d'or, une ceinture bleue sur sa robe gris clair. Elle s'était parée pour l'hôte inattendu.

En la revoyant, Philippe se sentit soudain porté comme sur un nuage : les aspérités de la vie disparurent à ses yeux, il ne vit plus que cette pièce harmonieuse à l'œil, pleine de souvenirs paisibles et doux, où la figure de Catherine, claire et reposée, semblait attirer à elle toute la lumière éparse dans l'appartement. Il se sentit tout à coup joyeux et plein de confiance ; sa gaieté gagna l'aïeule elle-même. Catherine se mit à rire comme un oiseau chante, parce qu'elle avait le cœur content, et la maisonnette fut pleine un moment du joyeux babil d'une matinée de printemps.

– Combien de temps restez-vous ? dit madame Bagrianof.

Catherine, anxieuse, cessa de sourire et pencha légèrement la tête en avant pour mieux entendre la réponse.

– Huit jours seulement, répondit Philippe.

– Huit jours ! répéta Catherine, c'est bien peu... Et vous viendrez nous faire la lecture comme autrefois ?

– Certainement ! s'écria le jeune homme ; puis, songeant à son père, il ajouta plus timidement : Je tâcherai.

– Il faut venir ! insista Catherine. Grand-mère dit que je lis déjà mieux, mais je suis encore bien loin d'être aussi habile que vous !

Le soir même, Savéli, suivant son habitude, se retira de bonne heure pour dormir, et Philippe courut à la maisonnette.

Le grand poêle de faïence remplissait la chambre d'une température de printemps ; Catherine allait et venait, s'occupant du thé ; rien n'était changé, Philippe sentit qu'il aimait cette maison de toute son âme.

– Je lirai la première, dit Catherine en se posant sur une chaise auprès du jeune homme comme une fauvette arrêtée un instant sur une branche. Vous me direz si j'ai fait des progrès, et puis vous lirez à votre tour.

Elle commença. Philippe resta stupéfait : elle s'était approprié sa manière de lire jusque dans les moindres détails. Il écoutait, se demandant comment elle avait pu l'imiter ainsi, et n'osant se demander pourquoi.

– Est-ce bien ? demanda Catherine, posant le livre à la fin du chapitre, et regardant Philippe de son honnête regard d'écolière.

Tout à coup ses yeux se troublèrent, ses paupières battirent... La leçon était finie, l'enfant avait fait place à la jeune fille.

– C'est très bien, répondit le jeune homme sans savoir ce qu'il disait : vous lisez comme moi...

Madame Bagrianof se mit à rire à cette naïveté, et les jeunes gens l'imitèrent.

Les huit jours passèrent comme un rêve heureux. Philippe vit arriver le moment du départ sans avoir rencontré Catherine seule un instant, et partit le cœur gros.

Chapitre XX

Seize mois s'étaient écoulés depuis sa dernière visite, lorsqu'il put revenir au village. Après avoir embrassé sa mère, il courut à la maison Bagrianof. Les buissons de lilas avaient grandi ; les touffes de rosiers plantées par Catherine avaient poussé des jets énormes ; la ruine s'effritait de plus en plus, et bien des briques tombées faisaient brèche dans la muraille ; un bouleau, encore petit deux ans auparavant, agitait à dix pieds de hauteur son léger panache, et le gazon recouvrait presque tous les débris.

Philippe s'approchait à pas lents, regardant autour de lui, cherchant à se rappeler l'ancienne apparence de ces lieux changés sans qu'il pût s'expliquer pourquoi.

Derrière la maison, – du côté de la ruine, – s'élevait un petit bosquet d'acacias, de ceux qui croissent vite. Là Catherine s'était fait installer un banc de gazon.

Durant les longs sommeils de sa grand-mère, désormais somnolente et affaiblie, elle venait y travailler. La ruine avait pris pour elle un attrait mystérieux : c'était une sorte d'énigme qu'elle interrogeait du regard pendant ses heures de rêverie. Elle savait que son grand-père avait péri dans les flammes ; elle savait que le père de Philippe avait sauvé sa grand-mère et sa mère... La légende s'arrêtait là ; mais Catherine ne se tenait pas pour satisfaite. Comment et pourquoi le feu avait il pris à la demeure de ses ancêtres ? Pourquoi le grand-père avait-il été riche lorsque ses descendants étaient pauvres ? Toutes ces questions flottaient dans l'esprit de Catherine, occupant ses heures de loisir, et servaient à la distraire lorsqu'elle se reprochait de trop penser à « ce jeune homme qui ne lui était rien », comme elle se le répétait avec mélancolie.

Elle était dans son bosquet lorsqu'elle vit approcher Philippe, qui ne la voyait pas. Son cœur bondit violemment, elle resta toute pâle ; sa joie fut si forte qu'elle lui fit mal. Son premier mouvement l'avait fait lever ; elle se rassit sur-le-champ un peu par convenance, beaucoup parce qu'elle tremblait.

Philippe avait vu le mouvement de la robe claire à travers le feuillage. Il se dirigea de ce côté et s'arrêta interdit devant la jeune fille. Elle avait tant grandi ! elle était devenue si imposante ! Il

Chapitre XX

voulait la saluer comme autrefois, il n'osa.

– Bonjour, mademoiselle, lui dit-il cérémonieusement.

– Bonjour, monsieur, répondit-elle... Qu'il y a longtemps !... ajouta Catherine involontairement.

Philippe l'approcha, rassuré.

– Grand-mère dort, continua la jeune fille, – elle dort beaucoup à présent ; tout à l'heure j'irai voir si elle est réveillée. Asseyez-vous là, fit-elle en ramassant son ouvrage et en faisant place au jeune homme sur le banc de gazon.

Cinq minutes après, ils avaient oublié la longue séparation.

À dater de ce jour, Philippe vint toutes les après-midi retrouver Catherine dans son bosquet La grand-mère dormait, accablée par la chaleur du jour, la maison entière sommeillait ; sous le soleil de juin, le seigle en fleur envoyait son odeur pénétrante ; les alouettes, perdues dans le ciel, chantaient à pleine gorge, et Catherine écoutait Philippe, qui lui parlait de choses et d'autres d'abord, de lui-même ensuite, – puis de rien... Le silence s'établissait sur eux comme dans un temple, et Catherine, penchée sur son ouvrage oisif, continuait à écouter ce que Philippe lui disait avec ses yeux, qu'elle ne regardait pas.

Un jour..., ce silence durait depuis un moment ; Catherine, malgré elle, leva la tête... Sa main tremblante au bord de sa robe se trouva dans celle de Philippe. Elle détourna les yeux. Les lèvres du jeune homme se posèrent sur ses doigts frémissants.

– Catherine, m'aimez-vous ? dit tout bas Philippe. Je vous aime depuis que je vous ai vue.

Catherine se mit à pleurer et ne répondit pas. Philippe lui raconta alors tout ce qu'il avait éprouvé depuis le premier jour.

– Je ne suis qu'un paysan, lui dit-il.

Elle l'interrompit du geste : ce mot lui arracha le secret qu'elle eût peut-être encore essayé de garder.

– Un paysan ? dit-elle, quel noble seigneur pourrait valoir un paysan tel que vous ?

– Je vaux donc quelque chose à vos yeux ? dit humblement Philippe.

– Plus que la terre entière, murmura Catherine en cachant son visage dans ses mains.

Pour ce jour-là, Philippe n'en demanda pas davantage.

Ils furent heureux de ce bonheur pendant quinze jours. L'avenir n'existait pas encore pour eux, le passé leur suffisait. Cette période de l'amour jeune est la plus douce de la vie humaine : ceux qui l'ont connue et dont le rêve s'est arrêté là sont peut-être les plus heureux ! Mais bientôt Philippe ne se contenta plus de songer au passé ; il lui fallut l'avenir pour étendre son amour plus à l'aise. Comment quitter le village sans emmener Catherine ?

– Non, dit la jeune fille, il faut que je reste ici ; ma grand-mère ne pourrait pas supporter un nouveau changement d'existence. C'est vous qui viendrez vous fixer ici.

– Votre grand-mère ne voudra pas que vous épousiez un simple paysan, lui dit-il.

– Grand-mère ? Elle voudra tout ce que je voudrai : elle m'aime tant !

– Et votre père ?

– Il voudra ce que voudra grand-mère, dit Catherine d'un air entendu. C'est votre père qui ne voudra peut-être pas !

Philippe resta muet. Il n'avait jamais songé à cette éventualité. Son père haïssait les Bagrianof, c'était bien certain, mais il n'avait jamais témoigné d'animosité particulière contre l'aïeule et sa petite-fille.

– Je le lui demanderai si bien qu'il ne pourra pas me refuser, répondit-il après un moment de réflexion. Mon père m'aime par-dessus tout ; il avait de l'ambition pour moi, il m'a laissé cependant embrasser une carrière en apparence peu relevée ; – il ne sera pas moins bon quand il s'agira de mon bonheur.

Rassurés par cette idée, les deux jeunes gens ne s'occupèrent plus que de leur amour. Savéli ne devait revenir que vers la mi-juillet. Trois semaines restaient encore, qui furent pour eux trois semaines de paradis.

Un soir, Philippe accourut radieux à la maisonnette. Catherine n'était pas dans le jardin ; il entra sur la pointe du pied dans la salle à manger. Madame Bagrianof, un instant réveillée, le reconnut et lui dit bonsoir, puis se rendormit doucement.

Catherine se retira dans l'embrasure d'une fenêtre ; le jeune homme l'y suivit.

Le soleil était couché ; le ciel, bleu de lin, était tendre et pur comme les caresses d'un petit enfant ; les arbres et les plantes s'endormaient, le parfum des fleurs de tilleul embaumait l'atmosphère.

– Catherine, dit tout bas Philippe, mon père arrive aujourd'hui dans la nuit.

– Vous pensez qu'il consentira ?

– Oui, je le crois. Il faudra bien que j'obtienne son consentement, car sans vous, Catherine, je pourrais peut-être devenir un homme célèbre, mais je ne serais pas un homme bon.

Catherine lui serra la main sans répondre. Madame Bagrianof fit un mouvement.

– À demain, ma fiancée, murmura Philippe, et il sortit doucement.

Quand il eut descendu le perron, il se retourna. Catherine était restée à la fenêtre et le regardait. Il enjamba la plate-bande qui défendait l'abord de la maison et se rapprocha de la fenêtre.

– Je ne puis pas m'en aller ainsi, dit-il tout bas en prenant les mains de la jeune fille. Je suis trop heureux, il me faut encore quelque chose. Donnez-moi un baiser... le premier !

– Demain, répondit Catherine, quand vous aurez vu votre père.

– Alors j'aurai droit d'exiger comme fiancé : donnez-le-moi aujourd'hui, de bonne grâce.

Catherine résistait faiblement : il se haussa sur la pointe des pieds ; la jeune fille se laissa attirer par les mains qui tenaient les siennes, et son front se trouva sous les lèvres du jeune homme. Tel, vingt-sept ans auparavant, Savéli implorait Fédotia.

– Merci, dit Philippe ; à demain, ma femme !

Il lui envoya un baiser et disparut sous le couvert des arbres. Catherine, appuyée à la fenêtre, regarda le ciel quand elle ne vit plus Philippe. Son jeune cœur, gonflé de joie et de tendresse, avait besoin de s'épancher : elle pria.

Chapitre XXI

Savéli n'aimait pas à être attendu. Son fils, qui ne dormait pas, l'entendit arriver dans la nuit, mais se garda bien d'aller le saluer, de peur de lui inspirer quelque mécontentement. Le matin venu, il se rendit près de son père, qui fumait dans la salle à manger, et réunit autour de lui tout ce qui pouvait mettre Savéli de bonne humeur.

– Il a fait quelque dette, pensa Savéli, en voyant ses façons affectueuses ; il va me demander de l'argent.

– Mon père, dit le jeune homme, vous avez été pour moi un père comme il n'y en a pas. – Savéli fit de la tête un signe approbatif. – Je viens vous demander de mettre le comble à vos bontés…

– Comment ? dit tranquillement Savéli.

– En me permettant de me marier.

– Tu veux te marier ? fit le père sans témoigner de surprise.

– Oui, mon père, si vous voulez bien y consentir… Je suis jeune, je le sais…

– Ça ne fait rien, dit Savéli ; on peut se marier jeune. Tu veux que je te cherche une fiancée ?

– Non, mon père, j'ai trouvé celle que je désire épouser.

– Ce n'est pas une paysanne, j'espère ? dit Savéli en fronçant le sourcil.

– Non, mon père, c'est une demoiselle noble.

– Bien ! – Savéli inclina la tête d'un air satisfait. – Et tu la nommes ?..

– Catherine Bagrianof.

– Une Bagrianof ! s'écria Savéli en se levant tout d'une pièce. Il regarda son fils d'un air terrible. – Tu aimes une Bagrianof ? C'est impossible.

– Je l'aime ! répondit Philippe très pâle et regardant son père en face.

Les yeux des deux hommes se rencontrèrent. Ceux du père exprimaient une haine implacable, ceux du fils une volonté énergique. Ce fut Savéli qui détourna son regard.

– Tu aimes une Bagrianof ? reprit-il avec rage ; la race maudite ne cessera donc pas de nous poursuivre ? Ce n'est pas vrai, dis ? Tu ne l'aimes pas ?

– Je l'aime, et je lui ai demandé d'être ma femme, sauf votre bon vouloir, mon père.

– Elle a consenti ? dit Savéli les dents serrées par la colère.

– Elle a consenti.

– La race maudite ! la race maudite ! répéta le malheureux colporteur. Je ne veux pas, reprit-il après un court silence. Tu n'auras pas ma bénédiction.

– Sa race est peut-être maudite, dit Philippe toujours debout, les yeux étincelants, mais Catherine est un ange envoyé par Dieu pour racheter les fautes de sa race ; vous ne la connaissez pas, mon père ; ceux qui la connaissent ne peuvent que l'aimer et la bénir. Laissez-vous toucher, oubliez votre haine, pardonnez !...

– Pardonner ! s'écria Savéli hors de lui. Pardonner, moi !... ne me parle pas, ajouta-t-il, rentrant en lui-même ; ne me parle plus jamais de cela, tu n'auras pas mon consentement.

Philippe regarda son père ; cette obstination, cette haine endurcie qui foulaient son bonheur aux pieds lui parurent si déraisonnables, si inhumaines, qu'oubliant le respect et l'admiration de sa jeunesse, il fit un pas en arrière pour se retirer.

– Vous pouvez me refuser votre consentement, dit-il d'une voix étouffée, et moi... je puis m'en passer.

– Toi ? toi ? fit Savéli, le bras levé pour frapper... Il laissa retomber son bras. C'est vrai, dit-il à voix basse, on peut se passer du consentement du père. Mais tu ne peux pas épouser une Bagrianof, tu ne le peux pas, répéta-t-il avec force. Non ! Dieu lui-même interviendrait pour t'en empêcher.

– Je l'aime, répondit Philippe, l'amour est plus fort que la haine.

– Mais, malheureux, ce n'est pas de la haine ! s'écria le père au désespoir. Il y a quelque chose de plus fort que la haine et que l'amour... Tiens, va-t-en, tu me rendrais fou !

Il se laissa retomber sur sa chaise, les mains sur les genoux, l'œil égaré.

Il avait gardé son secret vingt-sept ans, ceux qui l'avaient connu étaient morts ; seul le père Vladimir avait survécu, et celui-là, au nom du Dieu de miséricorde, avait pardonné depuis longtemps. Celle qu'il avait rendue veuve l'avait béni comme son sauveur. La richesse était venue ; pardon visible du Seigneur, la paix et la prospérité s'étaient établies sur sa famille. Plus riche, plus orgueilleuse que la maison seigneuriale, sa demeure se dressait en face de la ruine ; la famille Bagrianof s'éteignait faute d'héritiers mâles, tandis que lui, ce paysan criminel, fondait dans son fils une race nouvelle appelée à de grandes destinées, et voilà que ce fils, beau, intelligent, tendre et fier, espoir, orgueil de sa vieillesse, s'éprenait de qui ?... de l'enfant de celle qu'il avait ruinée, de la petite-fille de l'homme qu'il avait assassiné. Mais Bagrianof se lèverait de sa tombe pour séparer les fiancés, si dans l'église où reposaient ses os calcinés le fils du meurtrier osait réclamer la main de Catherine !

Philippe attendait toujours ; debout près de la porte, il espérait encore. La violence même de ce refus, qu'expliquait mal une rancune obstinée, lui faisait croire à un retour de clémence.

– Philippe, dit enfin le malheureux, tu l'aimes donc, cette jeune fille ?

Le jeune homme fit un signe de tête.

– Je t'en supplie, mon fils, détache-toi d'elle ; prends pour fiancée celle que tu voudras, n'eût-elle rien, fût-elle plus mauvaise que l'ivraie des chemins... ; mais n'épouse pas une Bagrianof !

– C'est une Bagrianof que j'aime, et j'ai donné ma parole, dit Philippe avec fermeté.

– Tu ne peux pas épouser une Bagrianof, répéta le père ; cela ne se peut pas.

Philippe leva la tête, et, pour la première fois, un soupçon de la vérité traversa son esprit ; mais cette idée horrible lui parut impie.

– Pourquoi ? dit-il après un silence, poussé par l'obsession qu'il chassait vainement.

– Je n'ai pas de comptes à te rendre, répondit Savéli plein de hauteur.

– Alors j'épouserai Catherine, dit Philippe en mettant la main sur le bouton de la porte. Si vous avez de bonnes raisons pour expliquer votre refus, je pourrai peut-être les comprendre ; mais, si c'est une haine aveugle et injuste...

Savéli voulait parler, ses lèvres se refusèrent à proférer un son : il agita la main droite et se détourna. Philippe ouvrit la porte ; au moment de la fermer, il jeta un dernier regard sur son père. Celui-ci, image du désespoir, immobile comme un homme de pierre, se tenait au milieu de l'appartement, la tête basse, les mains pendantes. Philippe fut touché de cette muette agonie ; il referma la porte et s'approcha de son père. Savéli leva la tête et fixa sur son fils ses yeux pleins d'angoisse.

– Tu crois que c'est par entêtement que je refuse, dit-il avec peine ; mais, malheureux, ce n'est pas moi qui refuse ! Je te dis que tu ne peux pas épouser cette jeune fille, – non pour elle, la pauvre enfant, – mais la malédiction de Dieu frapperait vos fils au berceau et ferait tomber votre chair en pourriture... Tu ne peux pas ! te dis-je.

– Qu'y a-t-il donc ? s'écria Philippe exaspéré. Si je suis condamné à expier quelque crime, que je le sache, au moins ! Je ne veux pas être l'agneau muet du sacrifice ; si je dois souffrir, je veux savoir pourquoi !

Savéli regarda son fils et lut dans ses yeux la résolution implacable qui l'avait lui-même animé jadis.

– Va trouver le père Vladimir, lui dit-il, et demande-lui ce que tu veux savoir.

Philippe salua son père d'une inclination profonde et se dirigea vers la cure. Savéli le suivit des yeux, puis il rentra dans sa chambre et se prosterna devant les images saintes.

Le père Vladimir était dans son jardin ; Philippe ouvrit la petite porte et se dirigea vers lui.

– J'ai à vous parler, mon père, dit-il à demi-voix.

Le prêtre regarda le jeune homme.

– Venez, dit-il.

Il se doutait de ce qui l'amenait. Les longs séjours de Philippe dans le jardin, ses lectures du soir à la maison Bagrianof lui avaient donné bien du souci. Toute intervention était cependant impossible ; aussi s'était-il borné à se tenir le plus souvent à l'écart des deux familles, afin de n'avoir pas d'avis à donner.

Les deux hommes descendirent silencieusement la route qui menait au rivage. Un bois épais longeait la rivière ; l'herbe croissait grasse et molle jusqu'au sable de la rive. Quand ils furent arrivés là, loin de toute oreille humaine, le prêtre s'assit sur un tronc d'arbre desséché. Philippe resta debout devant lui.

– Que voulez-vous ? demanda le père Vladimir.

Pendant cette courte promenade, le jeune homme avait eu le temps de calmer sa première effervescence.

– Pourquoi mon père ne veut-il pas que j'épouse Catherine ? dit-il enfin.

Le père Vladimir ne répondit pas.

– Il m'a dit de vous le demander, continua Philippe, le cœur serré par l'angoisse devant ce silence qui l'effrayait. – Suis-je maudit ? Est-ce moi qui ai commis un crime ? Est-ce Catherine ? Est-ce mon père ? Répondez, car, moi aussi, je deviendrai fou !

Serrant ses mains jointes et crispées sur ses yeux dilatés par l'angoisse, Philippe se laissa tomber à genoux sur le sable.

– Puisque votre père veut que je parle, je parlerai, dit le prêtre à regret. Que Dieu m'inspire et ne fasse sortir de ma bouche que des paroles de vérité !

Il se leva et fit le signe de la croix.

– Bagrianof, dit-il, était un homme méchant. Votre père aimait une jeune fille de ce village...

– Ma mère ? interrompit Philippe.

– Non, une autre jeune fille ; votre père était fier, son sang bouillait dans ses veines. Bagrianof le trouva insolent et voulut le faire soldat. Sa jeune fiancée alla demander sa grâce... et l'obtint, mais à quel prix ! En sortant, elle rencontra son fiancé ; ne pouvant supporter sa vue, elle alla se jeter à la rivière ; là, – ajouta le prêtre indiquant du doigt la place où Fédotia avait disparu.

Philippe suivit son geste d'un œil morne.

– Que Dieu ait pitié de son âme, reprit le confesseur, ce fut son seul péché. Le père et le fiancé jurèrent de la venger ; et, la nuit qui suivit les funérailles... la maison de Bagrianof brûla.

Philippe frissonna de tout son corps et couvrit son visage de ses mains.

– Mais mon père ? dit-il à voix basse.

– Avant de mettre le feu à la maison, aveuglés par le démon, les malheureux pécheurs avaient tué Bagrianof à coups de hache.

– Mon père aussi ? murmura faiblement Philippe, résistant encore à la vérité qui l'accablait.

– Ton père le premier, répondit le prêtre.

Les oiseaux chantaient dans le bois, les cigales bruissaient dans l'herbe, le soleil brillait sur la rivière ; la joie de la nature en juillet

Chapitre XXI

débordait de toutes parts, pendant que Philippe, anéanti, prosterné sur le sable, demandait grâce sous l'aiguillon de la souffrance.

Le prêtre était debout devant lui, sa haute stature se dressait sur le ciel ; sa main droite s'était tendue vers le jeune homme, victime expiatoire du crime paternel... Philippe ne la vit pas, ou n'osa la prendre.

– Le sang est sur moi, dit-il en frémissant.

Il se tut un moment.

Mais Catherine ? Catherine est innocente ! Ses mains sont pures, celles de sa mère étaient pures...

– Catherine expie les fautes de l'aïeul criminel, dit tristement le prêtre. Ainsi s'accomplissent les paroles du Prophète : Les péchés des pères seront punis dans les enfants jusqu'à la quatorzième génération.

Philippe secoua douloureusement la tête.

– Oh ! mon père, dit-il d'une voix sombre, mon père tant aimé, tant honoré, dont j'avais fait mon héros, mon idole ! mon père a versé le sang...

Il resta muet d'horreur à cette parole sortie de ses lèvres.

– Mais Dieu a pardonné, vous avez parlé, père Vladimir, le péché est effacé, la miséricorde divine est infinie...

– Le fils de Savéli ne peut pas épouser une Bagrianof, répondit lentement le prêtre. De quel nom les fils de Catherine salueraient-ils le père de Philippe ? Veux-tu que le sang de la victime et celui du meurtrier se mêlent dans tes enfants ?

Philippe gémit sourdement. Sa jeunesse écroulée l'écrasait sous le poids de sa ruine. Il avait vécu dans un rêve d'amour, ouvrant son âme au chaud soleil de la tendresse, et voilà que la nuit du crime paternel allait peser éternellement sur lui, coupable seulement d'être le fils du criminel... L'horreur même de la situation lui rendit des forces. Il se leva, et regardant le prêtre :

– Que dois-je faire, père Vladimir ? dit-il d'une voix brisée.

– Ce que te conseillera ton cœur, répondit le prêtre ému jusqu'aux larmes à la vue de cette infortune imméritée.

– Mon cœur ? répéta amèrement Philippe, je n'ai plus de cœur ; j'ai des devoirs à remplir, voilà tout ce qui me reste. Que dois-je faire ?

Le prêtre se taisait...

– Quitter Catherine, n'est-ce pas ? renoncer à l'amour, renoncer au mariage, de peur que le crime... Je ne peux pourtant pas dire le crime de mon père ! s'écria le jeune homme au désespoir.

Le prêtre se taisait toujours ; le jeune homme reprit :

– Quitter Catherine qui me regardera comme un lâche, pour l'abandonner après lui avoir demandé d'être ma femme... Oh ! Catherine, Catherine !

Philippe, étouffant les sanglots, se jeta sur le gazon.

– Mon fils, dit le prêtre en s'asseyant auprès de lui, prenez courage. Cette expiation filiale peut ouvrir au pécheur les portes du ciel...

Qu'importait le ciel à Philippe, qui perdait tout sur la terre !

– Quitter Catherine aujourd'hui ? Non, demain, n'est-ce pas, mon père ? Je lui laisserai le temps de se préparer...

– Non, mon fils, dit tristement le prêtre, pas demain.

– Aujourd'hui alors ? Tout de suite ?

Le prêtre inclina silencieusement la tête.

– Et mon père ? que lui dirai-je ? Je n'ai rien fait de mal, je ne demandais pas à vivre... Maudit soit le jour de ma naissance !

Le prêtre leva une main vers le ciel.

– Ne maudissez pas, dit-il, Dieu pardonnera un jour.

Philippe s'était levé et marchait à grands pas çà et là. Il se tourna tout à coup vers le père Vladimir.

– Je vais voir Catherine, lui dit-il.

– Attendez encore un peu, calmez-vous...

– Non, je ne puis attendre ! J'aime mieux que tout soit fini.

– Voulez-vous que je vous accompagne ? dit le père Vladimir, plein d'anxiété.

– Je vous remercie, répondit Philippe : j'aime mieux être seul.

Il s'éloignait, la tête baissée, regardant en lui-même le gouffre où ses espérances venaient de s'engloutir... Soudain il pensa à ce que devait ressentir le confesseur qui avait remué pour lui les horreurs du passé. Il revint sur ses pas.

– Je vous remercie, mon père, lui dit-il, vous êtes bon.

Il voulait lui tendre la main, il hésita. Cette main n'était-elle pas désormais souillée aussi du sang de Bagrianof ? Le prêtre le comprit et lui tendit les bras. Philippe s'y jeta sans parler. Leur étreinte fut longue et solennelle ; ils se séparèrent sans ajouter un mot.

Le père Vladimir prit à pas lents le chemin de la cure, et Philippe se dirigea vers la maison Bagrianof.

Chapitre XXII

Catherine s'était réveillée avec les oiseaux de son jardin, dans l'espoir d'une journée heureuse.

Vers midi, le grand silence de la chaleur s'établit sur la nature, et madame Bagrianof s'endormit dans son fauteuil, près de la fenêtre. Les stores étaient baissés ; l'appartement était plein d'une douce fraîcheur ; Catherine céda à ces influences ; la tête appuyée contre la fenêtre, dont elle avait soulevé le store à demi, elle ferma les yeux et s'endormit doucement.

Quand elle se réveilla, Philippe était devant elle. Debout au milieu de l'allée, il la contemplait avec des yeux si plein d'amour et de douleur, qu'elle se retrouva soudain en pleine réalité. Elle se releva brusquement. Madame Bagrianof murmura : – Ne sors pas, il fait trop chaud ; – mais Catherine passa outre et gagna rapidement le bosquet.

Philippe, à sa vue, se mit à genoux ; – elle appuya doucement la main sur son épaule. Son cœur battait si fort qu'elle tremblait de la tête aux pieds. Elle s'assit, les yeux plongés au fond de ceux du jeune homme.

– Eh bien ? dit-elle enfin, voyant qu'il ne parlait pas.

Elle sentait peu à peu la douleur passer des yeux de Philippe jusqu'au plus profond de son cœur ignorant du mal.

Philippe la regardait, toujours à genoux, ne pouvant parler et désirant mourir pour ne pas la voir souffrir devant lui.

– Il refuse, n'est-ce pas ? dit doucement la jeune fille en laissant tomber ses mains ouvertes sur ses genoux.

– Oh ! Catherine, dit Philippe tout bas, dites-moi encore une fois que vous m'aimez, donnez-moi du courage…

Catherine se mit à pleurer.

– Du courage, dit-elle, je n'en ai pas ; je ne sais pas ce que c'est que le courage, je n'en ai jamais eu besoin... Oui, je vous aime, vous le savez !

Philippe fit un mouvement pour l'envelopper de ses bras, puis se retint violemment. – Toucher Catherine avec ses mains souillées !...

– C'est à cause de mon grand-père, n'est-ce pas, dit la jeune fille en s'efforçant d'arrêter ses larmes : on ne peut pas me pardonner d'être une Bagrianof ! Ce n'est pas ma faute, cependant ; je ne suis pas méchante...

Elle essuya ses pleurs avec le coin de sa robe blanche ; Philippe la regardait toujours.

– Je paye bien cher le crime d'être une Bagrianof, continua la jeune fille. Vous, au moins, vous ne me méprisez pas ? Je n'ai pas versé le sang, je suis innocente...

– Moi aussi, pensa Philippe, je suis innocent, ce n'est pas moi qui ai versé le sang !

Il n'hésita plus : il saisit Catherine sur son cœur.

– Écoute, lui dit-il, je t'adore, je n'aimerai jamais que toi ; mais, vois-tu, nous ne pouvons pas nous marier... nous sommes de deux races ennemies. – Te souviens-tu qu'un jour tu l'as dit, là ? – Il indiquait de la main la ruine endormie au soleil comme tout le reste de ce petit monde. – Nos deux races ennemies se sont réconciliées en nous, ma bien-aimée, mais notre sang ne peut se mêler sans sacrilège...

– Je ne comprends pas, dit faiblement Catherine.

– N'importe, mieux vaut que tu ne comprennes pas, continua le jeune homme en la tenant toujours embrassée. Nous ne pouvons pas être heureux, nous ne pouvons pas nous marier ; il n'est pas un coin de la terre qui consentit à nous abriter, si nous voulions fuir ensemble loin de ceux qui veulent s'opposer à notre mariage... Il y a entre nous un abîme que rien ne peut combler. Nous pouvons nous aimer jusqu'à la mort, continua-t-il, mais nous ne serons jamais heureux.

– Pourquoi ? dis-moi pourquoi ? fit Catherine avec insistance.

La légende lui revint à la mémoire.

– Il y a un crime, n'est-ce pas ? lui dit-elle en frissonnant. C'est mon aïeul ?...

– Il y a tant de crimes, reprit le jeune homme éperdu que la justice de Dieu ne sait plus où frapper. Je t'aimerai toujours, Catherine ; dis-moi adieu pour la vie.

– Non, non ! s'écria-t-elle en s'attachant à lui, – je ne puis pas te dire adieu, je t'aime ! Sans toi, la vie n'est rien !...

– C'est notre lot à tous les deux : prier et pleurer loin l'un de l'autre pour l'expiation éternelle des crimes que nous n'avons pas commis, répondit Philippe, le cœur débordant d'amertume. Je pars, je ne reviendrai jamais ; dis-moi que tu me pardonnes, que tu sais que ce n'est pas ma faute. Tu me crois, n'est-ce pas ?

Et il serrait contre lui Catherine frissonnante d'horreur.

– Je te crois, dit-elle, et je t'aime.

– Pour toujours ?

– Oui... Je ne te verrai plus ?

– Jamais.

Elle se rejeta dans ses bras et le serra avec force.

– Va-t-en, lui dit-elle. Adieu ! que Dieu te rende heureux ! Je le prierai pour toi.

Il voulait l'embrasser encore ;

– Non, non ! dit-elle, va-t-en maintenant, tout à l'heure je n'aurai plus le courage. Va-t-en !

Philippe s'enfuit en courant comme un insensé.

Restée seule, Catherine regarda longtemps la ruine : ses anciennes impressions de terreur lui revenaient ; elle se rappela qu'autrefois elle avait cherché un rapport mystérieux entre ces débris et sa propre existence...

– Ah ! dit-elle en s'approchant, les yeux pleins de larmes qui ne tombaient plus, tant ses yeux étaient las, si mes pleurs pouvaient laver la tache de sang que mon grand-père a mise sur sa maison, elle serait lavée avant la fin de ma vie !...

En s'éveillant, madame Bagrianof retrouva Catherine assise dans l'embrasure de la fenêtre.

– Tu es là ? lui dit-elle.

– Oui, grand-mère.

– Ta voix est toute changée, qu'as-tu ?

– J'ai mal à la tête.

– C'est cela : tu vois bien que tu aurais dû m'écouter, et ne pas sortir pendant la chaleur.

Et madame Bagrianof reposa sa tête sur le dossier de son fauteuil, pendant que Catherine apportait le livre pour la lecture de l'après-midi. Ainsi devait désormais s'écouler sa vie.

Philippe, en rentrant, chercha son père dans la salle à manger. Ne l'y trouvant pas, il pénétra dans sa chambre.

Depuis que son fils l'avait quitté, Savéli était resté prosterné devant les saintes images. Le remords, pour la première fois, venait d'entrer dans son cœur : en voyant son fils adoré frappé par la faute paternelle, il avait compris la grandeur du crime. Le visage qu'il tourna vers Philippe était celui d'un vieillard : robuste et fier la veille encore, ce visage avait pris les rides et l'expression douloureuse de ceux qui se sentent trop vieux et qui désirent mourir ; mais Philippe ne s'en aperçut point.

Savéli s'était relevé et se tenait devant son fils comme un criminel devant son juge.

– Adieu, mon père, dit le fils d'une voix glaciale.

– Tu t'en vas ?... balbutia le malheureux colporteur. Où vas tu ?

– À la ville, travailler... et prier, ajouta Philippe.

– Et la jeune fille ?... dit le père en hésitant.

– Nous nous sommes dit adieu.

– Elle sait ?... murmura le coupable avec angoisse.

– Non, hier vous étiez deux à connaître la vérité ; aujourd'hui nous sommes trois, voilà tout. Dieu a permis à l'honneur et à la fortune de bénir votre maison, vous resterez riche et honoré. Ma mère n'est point coupable : rien ne troublera son repos.

Savéli inclina humblement la tête.

– Et toi ? dit-il avec plus de confiance.

– Moi ? Je vais remplir mon devoir... Je n'ai plus que le devoir devant moi, pour étoile... Adieu, mon père.

– Philippe !... s'écria le misérable père en tendant les bras à son fils.

– Adieu, mon père, répéta Philippe en s'inclinant jusqu'à la ceinture.

Une heure après, malgré les lamentations de sa mère, il quitta le village pour n'y plus revenir.

Savéli regarda pendant quelques instants la porte qui venait de se refermer sur son fils, le séparant à jamais de ce qui avait été sa joie et son orgueil. Il fit un pas en avant avec un geste de colère, puis son bras retomba à son côté, et il s'enferma dans sa chambre pendant tout le reste de la journée. Prosterné devant les images, la tête battant le sol, il resta de longues heures à crier : Pardon ! au Dieu qu'il avait outragé.

Le châtiment, si longtemps différé, était enfin tombé sur sa tête ; sa victime se levait devant lui, comme le prêtre l'en avait menacé jadis, non pour l'accuser, mais pour rire encore de son rire méchant, pour se réjouir du malheur de son meurtrier. Que n'eût pas souffert Savéli dans sa chair et dans son âme pour pouvoir rendre le bonheur à son fils !

– Qu'il meure, se dit-il plus d'une fois, qu'il meure à la fleur de l'âge plutôt que de laisser une postérité condamnée à la douleur par mon crime !

Le dimanche il rencontrait à l'église la jeune demoiselle, maigrie, blanchie, consumée aussi par la douleur, et, – vengeance du ciel ! – ressemblant à son grand-père. Vainement Savéli se détournait, ses yeux étaient invinciblement attirés vers ce doux visage pâli, où la souffrance imprimait de jour en jour un cachet plus immatériel...

Après quelques semaines de cette vie, plus dure que les tortures de l'enfer qu'il se représentait d'avance, Savéli se trouva tout à coup incapable de se lever de son lit. La bise de l'automne arrachait les feuilles des arbres et les faisait tourbillonner autour des maisons comme des oiseaux funèbres. Il garda quelques jours le silence, ne répondant rien aux prières de sa femme désespérée.

– Veux-tu voir ton fils ? lui demanda-t-elle un jour.

Savéli se dressa sur son lit avec une lueur de joie inquiète dans ses yeux éteints, puis se laissa retomber lourdement.

– Non ! dit-il à voix basse, il ne viendrait pas. Appelez la demoiselle, dit-il au bout d'un instant.

Les assistants s'entre-regardèrent. Jamais Savéli n'avait franchi le seuil de la maison Bagrianof. Le médecin, sentant la vie échapper au malade, fit signe qu'on obéit sans retard.

Le père Vladimir sortit aussitôt.

Catherine ne portait plus de robes claires ; ses cheveux d'or, sévèrement retenus, ne formaient plus d'auréole autour de son visage, devenu grave et pensif.

– Savéli vous demande, dit le prêtre : il est bien malade et n'a plus que quelques heures à vivre.

Le visage de la jeune fille s'était couvert de rougeur ; elle se leva aussitôt.

Ils n'échangèrent pas une parole pendant la route.

– Me voici, dit Catherine en s'approchant du mourant : que désirez-vous ?

Savéli ouvrit ses yeux dilatés par l'agonie, et resta un moment sans répondre.

– C'est vous la demoiselle ? dit-il enfin.

– Oui, c'est moi.

– Pardonnez-moi !... dit-il en essayant de joindre ses mains déjà glacées.

– Je vous pardonne, dit Catherine.

Elle pensait à l'opposition formulée par Savéli à son mariage.

– Pardonnez-moi... tout ! insista le moribond.

– Je vous pardonne tout, répéta Catherine.

– Bénissez-moi, ajouta Savéli d'une voix éteinte.

La jeune fille fit le signe de la croix sur le meurtrier de son grand-père. Une joie étrange illumina les traits du coupable, – et il expira.

Catherine a refusé plusieurs partis ; elle est persuadée que la race des Bagrianof doit périr avec elle. Philippe ne se mariera pas non plus, de peur que le péché de son père ne soit puni dans ses enfants jusqu'à la quatorzième génération.

ISBN : 978-3-96787-599-7

www.ingramcontent.com/pod-product-compliance
Lightning Source LLC
LaVergne TN
LVHW040105080526
838202LV00045B/3783